城南舊事

城南舊事

林海音 著

沈繼光 攝影

三聯書店（香港）有限公司

書名題字　蕭　滋
責任編輯　蔡凌志
裝幀設計　吳冠曼

書　　名　城南舊事
著　　者　林海音
攝　　影　沈繼光
出　　版　三聯書店（香港）有限公司
　　　　　香港北角英皇道499號北角工業大廈20樓
　　　　　JOINT PUBLISHING (H.K.) CO., LTD.
　　　　　20/F., North Point Industrial Building,
　　　　　499 King's Road, North Point, Hong Kong
香港發行　香港聯合書刊物流有限公司
　　　　　香港新界荃灣德士古道220-248號16樓
印　　刷　美雅印刷製本有限公司
　　　　　香港九龍觀塘榮業街六號四樓A室
版　　次　2004年2月香港第一版第一次印刷
　　　　　2022年6月香港第一版第十次印刷
規　　格　特16開（152×228mm）224面
國際書號　ISBN 978-962-04-2301-7
　　　　　©2004 Joint Publishing (H.K.) Co., Ltd.
　　　　　Published & Printed in Hong Kong

目錄

"長空雪亂飄，改盡江山舊。" (攝於故宮西華門)

駱駝

隊來了，停在我家的門前……

冬陽 童年 駱駝隊

駱駝隊來了，停在我家的門前。

它們排列成一長串，沉默地站着，等候人們的安排。天氣又乾又冷。拉駱駝的摘下了他的氈帽，禿瓢兒上冒着熱氣，是一股白色的煙，融入乾冷的大氣中。

爸爸在和他講價錢。雙峯的駝背上，每匹都馱着兩麻袋煤。我在想，麻袋裏面是"南山高末"呢？還是"烏金墨玉"？我常常看見順城街煤棧的白牆上，寫着這樣幾個大黑字。但是拉駱駝的說，他們從門頭溝來，他們和駱駝，是一步一步走來的。

另外一個拉駱駝的，在招呼駱駝們吃草料。它們把前腳一屈，屁股一撅，就跪了下來。

爸爸已經和他們講好價錢了。人在卸煤，駱駝在吃草。

我站在駱駝的面前，看它們吃草料咀嚼的樣子：那樣醜的臉，那樣長的牙，那樣安靜的態度，它們咀嚼的時候，上牙和下牙交錯地磨來磨去，大鼻孔裏冒着熱氣，白沫子沾滿在鬍鬚上。我看得呆了，自己的牙齒也動起來。

老師教給我，要學駱駝，沉得住氣的動物。看它從不着急，慢慢的走，慢慢的嚼；總會走到的，總會吃飽的。也許它們天生是該慢慢的，偶然躲避車子跑兩步，姿勢很難看。

駱駝隊伍過來時，你會知道，打頭兒的那一匹，長脖子底下總會繫着一個

從鼓樓望鐘樓。　　鐘樓，（元）至元九年（1272）始建，"闊四阿，簷三重，懸鐘於上，聲遠愈聞之。"後毀於火。（清）乾隆十年（1745）重建，全部以磚石築成，通高47.95米。每日黃昏鳴鐘108響，隨後起更，望日清晨再鳴鐘一次。（攝於地安門鼓樓下）

鈴鐺，走起來，"鐺、鐺、鐺"的響。

"為什麼要一個鈴鐺？"我不懂的事就要問一問。

爸爸告訴我，駱駝很怕狼，因為狼會咬它們，所以人類給它們戴上了鈴鐺，狼聽見鈴鐺的聲音，知道那是有人類在保護着，就不敢侵犯了。

我的幼稚心靈中卻充滿了和大人不同的想法，我對爸爸說：

"不是的，爸！它們軟軟的腳掌走在軟軟的沙漠上，沒有一點點聲音，你不是說，它們走上三天三夜都不喝一口水，只是不聲不響地咀嚼着從胃裏倒出來的食物嗎？一定是拉駱駝的人類，耐不住那長途寂寞的旅程，所以才給駱駝戴上了鈴鐺，增加一些行路的情趣。"

爸爸想了想，笑笑說：

"也許，你的想法更美些。"

冬天快過完了，春天就要來，太陽特別的暖和，暖得讓人想把棉襖脫下來。可不是麼？駱駝也脫掉它的舊駝絨袍子啦！它的毛皮一大塊一大塊地從身上掉下來，垂在肚皮底下。我真想拿把剪刀替它們剪一剪，因為太不整齊了。拉駱駝的人也一樣，他們身上那件反穿大羊皮，也都脫下來了，搭在駱駝背的小峯上，麻袋空了，"烏金墨玉"都賣了，鈴鐺在輕鬆的步伐裏響得更清脆。

夏天來了，再不見駱駝的影子，我又問媽：

"夏天它們到哪裏去？"

"誰？"

"駱駝呀！"

媽媽回答不上來了，她說：

"總是問，總是問，你這孩子！"

夏天過去，秋天過去，冬天又來了，駱駝隊又來了，但是童年卻一去不

鐘樓和胡同一起，才有了鐘樓的意義。　"越鐘鼓樓而西曰鐘庫胡同，曰小鈴鐺胡同，曰鈴鐺胡同，曰牛圈，曰湯平胡同，《順天府志》作湯鍋胡同。"（攝於湯鍋胡同〔湯公胡同〕）

（左上）**清絕廣化寺。** 創建於元代，清宣統元年，曾在寺院內籌建京師圖書館。現為北京市佛教協會所在地。題名"清絕"，更多是對它的賦予，對它的感受，又加上那天雪衣寺院。（攝於北海北沿鴉兒胡同）

（左下）**孤樹百姓家。** "我唸着國文上的那課叫做《下雪》的：一片一片又一片，兩片三片四五片，六片七片八九片，飛入蘆花都不見。"——林海音《城南舊事》（攝於北海北沿鴉兒胡同）

（右）**寒枝古幹，瑞雪老屋。**（攝於後紅井胡同）

還。冬陽底下學駱駝咀嚼的傻事，我也不會再做了。

可是，我是多麼想念童年住在北京城南的那些景色和人物啊！我對自己說，把它們寫下來吧，讓實際的童年過去，心靈的童年永存下來。

就這樣，我寫了一本《城南舊事》。

我默默地想，慢慢地寫。看見冬陽下的駱駝隊走過來，聽見緩慢悅耳的鈴聲，童年重臨於我的心頭。

青堂瓦舍百姓家。 （攝於崇文花市）

太陽

從大玻璃窗透進來，照到大白紙糊的牆上，照到三屜桌上，

照到我的小牀上來了……

惠安館

有大樹的會館院落。"窗外很明亮,乾禿的樹枝上落着幾隻不怕冷的小鳥。我在想,什麼時候那樹上才能長滿葉子呢?這是我們在北京過的第一個冬天。"——林海音《城南舊事》。冬天剛過,春天來了,有了最初暖綠的葉子。英子,別急,再過些天,樹就長滿葉子,花蔭涼會搬得滿庭滿院。 (攝於椿樹南柳巷胡同路東)

一

太陽從大玻璃窗透進來,照到大白紙糊的牆上,照到三屜桌上,照到我的小牀上來了。我醒了,還躺在牀上,看那道太陽光裏飛舞着的許多小小的、小小的塵埃。宋媽過來撢窗台,撢桌子,隨着雞毛撢子的舞動,那道陽光裏的塵埃加多了,飛舞得更熱鬧了,我趕忙拉起被來蒙住臉,是怕塵埃把我嗆得咳嗽。

宋媽的雞毛撢子輪到來撢我的小牀了,小牀上的稜稜角角她都撢到了,撢子把兒碰在牀欄上,格格地響,我想罵她,但她倒先說話了:

"還沒睡夠哪!"說着,她把我的被大掀開來,我穿着絨褲褂的身體整個露在被外,立刻就打了兩個噴嚏。她強迫我起來,給我穿衣服。印花斜紋布

的棉襖棉褲，都是新做的；棉褲筒多可笑，可以直立放在那裏，就知道那棉花夠多厚了。

媽正坐在爐子邊梳頭，傾着身子，一大把頭髮從後脖子順過來，她就用篦子篦呀篦呀的，爐子上是一瓶玫瑰色的髮油，天氣冷，油凝住了，總要放在爐子上化一化才能搽。

窗外很明亮，乾禿的樹枝上落着幾隻不怕冷的小鳥。我在想，什麼時候那樹上才能長滿葉子呢？這是我們在北京過的第一個冬天。

媽媽還説不好北京話，她正在告訴宋媽，今天買什麼菜。媽不會説“買一斤豬肉，不要太肥”。她説：“買一斤租漏，不要太回。”

媽媽梳完了頭，用她的油手抹在我的頭髮上，也給我梳了兩條辮子。我看宋媽提着籃子要出去了，連忙喊住她：

“宋媽，我跟你去買菜。”

宋媽説：

“你不怕惠難館的瘋子？”

宋媽是順義縣人，她也説不好北京話，她説成“惠難館”，媽説成“灰

（左）院門口。　厚厚的門框門板，沒有了稜角和漆色，門墩呢，方直被剝蝕成圓渾，外表雕飾的花葉還能依稀辨出。門口，挺乾淨，也挺闊綽，老祖宗似的槐樹，像撐天的傘，罩着這院，罩着這半個胡同。您不用往上看，就看下面的粗幹老根就明白了。老北京人，離不了這大樹，忘不了這大樹，因為它上百年默默地護着你，伴着你，無言地愛着你，直至你的兒孫們。（攝於西舊簾子胡同）

（右）說不盡的台階，看不盡的門墩。　"不就是台階和門墩嘛，幾十年了，我出出進進，約摸也有幾萬次都不止，還有什麼看頭兒，什麼說頭兒？"熟視無睹講的就是這種麻木的狀態。當你把它當作第一次才看見，把它當作"江上之清風，山間之明月"以審美的眼光再重新審視，也許就全然不同了。石墩是什麼表情？它在望着誰？坡石少了一塊，是什麼時候又怎麼缺失的？階石傾斜着，何時開始的？兩道石縫的抔土中又冒出了什麼小葉子？當我用心關注和體貼它們，愛的生活就開始了。（攝於宣武椿樹南柳巷〔柳條胡同併入〕）

娃館"，爸說成"飛安館"，我隨着胡同裏的孩子說"惠安館"，到底哪一個對，我不知道。

　　我為什麼要怕惠安館的瘋子？她昨天還衝我笑呢！她那一笑真有意思，要不是媽緊緊拉我的手，我就會走過去看她，跟她說話了。

　　惠安館在我們這條胡同的最前一家，三層石台階上去，就是兩扇大黑門凹進去，門上橫着一塊匾，路過的時候爸教我唸過："飛安會館"。爸說裏面住的都是從"飛安"那個地方來的學生，像叔叔一樣，在大學裏唸書。

　　"也在北京大學？"我問爸爸。

　　"北京的大學多着呢，還有清華大學呀！燕京大學呀！"

　　"可以不可以到飛安——不，惠安館裏找叔叔們玩一玩？"

　　"做唔得！做唔得！"我知道，我無論要求什麼事，爸終歸要拿這句客家話來拒絕我。我想總有一天我要邁上那三層台階，走進那黑洞洞的大門裏去的。

　　惠安館的瘋子我看見好幾次了，每一次只要她站在門口，宋媽或者媽就趕快捏緊我的手，輕輕說："瘋子！"我們就擦着牆邊走過去，我如果要回頭再張望一下，她們就用力拉我的胳膊制止我。其實那瘋子還不就是一個梳着油鬆大辮子的大姑娘，像張家李家的大姑娘一樣！她總是倚着門牆站着，看來來往往過路的人。

是昨天，我跟着媽媽到騾馬市的佛照樓去買東西，媽是去買搽臉的鴨蛋粉，我呢，就是愛吃那裏的八珍梅。我們從騾馬市大街回來，穿過魏染胡同、西草廠，到了椿樹胡同的井窩子，井窩子斜對面就是我們住的這條胡同。剛一進胡同，我就看見惠安館的瘋子了，她穿了一身絳紫色的棉襖，黑絨的毛窩，頭上留着一排劉海兒，辮子上紮的是大紅絨繩，她正把大辮子甩到前面來，兩手玩弄着辮梢，楞楞的看着對面人家院子裏的那棵老洋槐。乾樹枝子上有幾隻烏鴉，胡同裏沒什麼人。

媽正低頭嘴裏唸叨着，準是在算她今天一共買了多少錢的東西，好跟無事不操心的爸爸報帳，所以媽沒留神已經走到了"灰娃館"。我跟在媽的後面，一直看瘋子，竟忘了走路。這時瘋子的眼光從洋槐上落下來，正好看到我，她眼珠不動的盯着我，好像要在我的臉上找什麼。她的臉白得發青，鼻子尖有點紅，大概是冷風吹凍的，尖尖的下巴，兩片薄嘴唇緊緊地閉着。忽然她的嘴唇動了，眼睛也眨了兩下，帶着笑，好像要說話，弄着辮梢的手也向我伸出來，招我過去呢。不知怎麼，我渾身大大地打了一個寒戰，跟着，我就隨着她的招手和笑意要向她走去。——可是媽回過頭來了，突然把我一拉：

"怎麼啦，你？"

"嗯？"我有點迷糊。媽看了瘋子一眼，說：

"為什麼打哆嗦？是不是怕——是不是要溺尿？快回家！"我的手被媽使勁拖拉着。

回到家來，我心裏還惦念着瘋子的那副模樣兒。她的笑不是很有意思嗎？如果我跟她說話——我說："嘿！"她會怎麼樣呢？我楞楞地想着，懶得吃晚飯，實在也是八珍梅吃多了。但是晚飯後，媽對宋媽說：

"英子一定嚇着了。"然後給我沏了碗白糖水，叫我喝下去，並且命令我鑽被窩睡覺。……

(上)門鈸，叫門用的。　摸了那六蝠環紋的門鈸，再摸摸那裸露的原木，裸露的油灰麻刀，鱗片一樣的黑漆皮，自己好像明白了一點"門與人"或"人與門"。（攝於宣武南柳巷胡同〔柳條胡同併入〕）

（下）　小屋窗台上的藥壺。

這時，我的辮子梳好了，追了宋媽去買菜，她在前面走，我在後面跟着。她的那條噁心的大黑棉褲，那麼厚，那麼肥，褲腳綁着。別人告訴媽說，北京的老媽子很會偷東西，她們偷了米就一把一把順着褲腰裝進褲兜子，剛好落到綁着的褲腳管裏，不會漏出來。我在想，宋媽的肥褲腳裏，不知道有沒有我家的白米？

經過惠安館，我向裏面看了一下，黑門大開着，門道裏有一個煤球爐子，那瘋子的媽媽和爸爸正在爐邊煮什麼，大家都管瘋子的爸爸叫「長班老王」，長班就是給會館看門的，他們住在最臨街的一間屋子。宋媽雖然不許我看瘋子，但是我知道她自己也很愛看瘋子，打聽瘋子的事，只是不許我聽我看就是了。宋媽這時也向惠安館裏看，正好瘋子的媽媽抬起頭來，她和宋媽兩人同時說「吃了嗎？您！」爸爸說北京人一天到晚閒着沒有事，不管什麼時候見面都要問吃了沒有。

出了胡同口往南走幾步，就是井窩子，這裏滿地是水，有的地方結成薄薄的冰，獨輪水車來一輛去一輛，他們扭着屁股推車，車子吱吱呀呀地響，好刺耳，我要堵起耳朵啦！井窩子有兩個人正向深井裏打水，水打上來倒在一個好大的水槽裏，推水的人就在大水槽裏接了水再送到各家去。井窩子旁住着一個我的朋友——和我一般高的妞兒。我這時停在井窩子旁邊不走了，對宋媽說：

「宋媽，你去買菜，我等妞兒。」

妞兒，我第一次是在油鹽店裏看見她的。那天她兩隻手端了兩個碗，拿了一大枚，又買醬，又買醋，又買蔥，夥計還逗着說：「妞兒，唱一段才許你走！」妞兒眼裏含着淚，手搖晃着，醋都要灑了，我有說不出的氣惱，一下竄到妞兒身旁，插着腰問他們：

「憑什麼？」

就這樣，我認識了妞兒。

妞兒只有一條辮子，又黃又短，像媽在土地廟給我買的小狗的尾巴。第二次看見妞兒，是我在井窩子旁邊看打水。她過來了，一聲不響的站在我身

兩會館的二層木樓圍欄。 房簷下吊着一根長長的竹竿，晾曬衣被。雖館內雜居多户，棚架倉廚處處圍堵，我立錐靜觀，仍能見出原來的嚴整和居者的情致。（攝於宣武南柳巷胡同〔柳條胡同併入〕）

邊，我們倆相對着笑了笑，不知道說什麼好。等一會兒，我就忍不住去摸她那條小黃辮子了，她又向我笑了笑，指着後面，低低的聲音說：

"你就住在那條胡同裏？"

"嗯。"我說。

"第幾個門？"

我伸出手指頭來算了算：

"一，二，三，四，第四個門。到我們家來玩兒。"

她搖搖頭說："你們胡同裏有瘋子，媽不叫我去。"

"怕什麼？她又不吃人。"

她仍然是笑笑地搖搖頭。

妞兒一笑，眼底下鼻子兩邊的肉就會有兩個小漩渦，很好看，可是宋媽

石水槽。　這裏的美，就美在一個"古"字上。還是殘缺的，更蒙加了一層神秘。（攝於西瓮胡同〔原惜薪司西瓮〕）

竟跟油鹽店的掌櫃說：

"這孩子長得俊倒是俊，就是有點薄，眼睛太透亮了，老像水汪着，你看，眼底下有兩個淚坑兒。"

我心裏可是有説不出的喜歡她，喜歡她那麼溫和，不像我一急宋媽就罵我的："又跳？又跳？小暴雷。"那天她跟我在井窩子邊站了一會兒，就小聲地説："我要回去了，我爹等着我吊嗓子。趕明兒見！"

我在井窩子旁跟妞兒見過幾次面了，只要看見紅棉襖褲從那邊閃過來，我就滿心的高興，可是今天，等了好久都不見她出來，很失望，我的絨袵子口袋裏還藏着一小包八珍梅，要給妞兒吃的。我摸摸，發熱了，包的紙都破爛了，黏乎乎的，宋媽洗衣服時，我還得挨她一頓罵。

我覺得很沒意思，往回家走，我本來想今天見着妞兒的話，就告訴她一個好主意，從橫胡同穿過到我家，就用不着經過惠安館，不用怕看見瘋子了。

我低頭這麼想着，走到惠安館門口了。

"嘿！"

嚇了我一跳！正是瘋子。咬着下嘴唇，笑着看我。她的眼睛裏透亮，一笑眼底下——就像宋媽説的，怎麼也有兩個淚坑兒呀！我想看清楚她，我是多麼久以前就想看清楚她的。我不由得對着她的眼神走上了台階。太陽照在她的臉上，常常是蒼白的顏色，今天透着亮光了。揣在短棉襖裏的手伸出來拉住我的手，那麼暖，那麼軟。我這時看看胡同裏，沒有一個人走過。真奇怪，我現在怕的不是瘋子，倒是怕人家看見我跟瘋子拉手了。

"幾歲了？"她問我。

"嗯——六歲。"

"六歲！"她很驚奇地叫了一聲，低下頭來，忽然撩起我的辮子看我的脖子，在找什麼。"不是。"她喃喃的自己說話，接着又問我：

"看見我們小桂子沒有？"

"小桂子？"我不懂她在說什麼。

這時大門裏瘋子的媽媽出來了，皺着眉頭怪着急地說：

"秀貞，可別把人家小姑娘嚇着呀！"又轉過臉來對我說：

"別聽她的，胡說呢！回去吧！等回頭你媽不放心。嗯——聽見沒有？"

窄。　小胡同窄的地方，二個人就要擦肩而過了。胡同口，橫的那條亮亮的街，便是擺滿了古玩字畫的琉璃廠西街。（攝於西琉璃廠萬源夾道）

她說着，用手揚了揚，叫我回去。

我抬頭看着瘋子，知道她的名字叫秀貞了。她拉着我的手，輕搖着，並不放開我。她的笑，增加了我的勇氣，我對老的說：

"不！"

"小南蠻子兒！"秀貞的媽媽也笑了，輕輕地指點着我的腦門兒，這準是一句罵我的話，就像爸爸常用看不起的口氣對媽說"他們這些北仔鬼"是一樣的吧！

"在這兒玩不要緊，你家來了人找，可別賴是我們姑娘招的你。"

"我不說的啦！"何必這麼囑咐我？什麼該說，什麼不該說，我都知道。媽媽打了一隻金鐲子，藏在她的小首飾箱裏，我從來不會告訴爸爸。

"來！"秀貞拉着我往裏走，我以為要到裏面那一層一層很深的院子裏去

石臼石碾。　形成古城之前，就有先輩在這裏聚集，打井、汲水、春米、碾穀，約摸這是上千年的景況了。後來，元、明、清、民國、解放……那些過時的石頭磨具沉重又不朽，於是被就近移至道邊路旁或院門左右，用來護牆、護門、護階，也成了一種古老歷史的象徵。胡同裏沒了它，就少了胡同的氣氛和味道，就少了神兒。古城北京沒有它，你就很難說"這是古城"，真的。（攝於東松樹胡同〔原新簾子胡同東段併入〕）

找上大學的叔叔們玩呢，原來她把我帶進了她們住的門房。

屋裏可不像我家裏那麼亮，玻璃窗小得很，臨窗一個大炕，中間擺了一張矮炕桌，上面堆着活計和針線盒子。秀貞從桌上拿起了一件沒做完的衣服，朝我身上左比右比，然後高興地對走進來的她的媽媽說：

"媽，您瞧，我怎麼說的，剛合適！那麼就開領子吧。"說着，她又找了一根繩子，繞着我的脖子量，我由她擺佈，只管看牆上的那張畫，畫兒是一個白胖大娃娃，沒有穿衣服，手裏捧着大元寶，騎在一條大大的紅魚上。

秀貞轉到我的面前來，看我仰着頭，她也隨着我的眼光看那張畫，滿是那麼回事的說：

"要看炕上看去，看我們小桂子多胖，那陣兒才八個月，騎着大金魚，滿屋裏轉，玩得飯都不吃，就這麼淘……"

門坎，補了四個鐵補丁。　京城有一謎語，是打一個物件，這個謎，只能說出，不能寫出，寫出就好猜了。這兒，硬是不能說了，只好寫："有賣（邁）的，沒買的。"猜着了吧，謎底就在畫面上。（攝於宣武椿樹南柳巷）

"行啦行啦！不——害——臊！"秀貞正說得高興，我也聽得糊裏糊塗，長班老王進來了，不耐煩地瞪了秀貞一眼說她。秀貞不理會她爸爸，推着我脫鞋上炕，湊近在畫下面，還是只管說：

"飯不吃，衣服也不穿，就往外跑，老是急着找她爹去，我說了多少回都不聽，我說等我給多做幾件衣服穿上再去呀！今年的襯褲倒是先做好了，背心就差縫鈕子了。這件棉襖開了領子馬上就好。可急的是什麼呀！真叫人納悶兒，到底是怎麼檔子事兒……"她說着說着不說了，低着頭在想那納悶兒的事，一直發愣。我想，她是在和我玩"過家家兒"吧？她媽不是說她胡說嗎？要是過家家兒，我倒是有一套玩意兒，小手錶，小算盤，小鈴鐺，都可以拿來一起玩。所以我就說：

"沒有關係，我把手錶送給小桂子，她有了錶就有一定時候回家了。"可是，——這時我倒想起媽會派宋媽來找我，就又說："我也要回家了。"

秀貞聽我說要走，她也不發愣了，一面隨着我下了炕，一面說："那敢情好，先謝謝你啦！看見小桂子叫她回來，外頭冷，就說我不罵她，不用怕。"

我點了點頭，答應她，真像有那麼一個小桂子，我認識的。

我一邊走着一邊想，跟秀貞這樣玩兒，真有意思；假裝有一個小桂子，還給小桂子做衣服。為什麼人家都不許他們的小孩子跟秀貞玩兒呢？還管她叫瘋子？我想着就回頭去看，原來秀貞還倚着牆看我呢！我一高興就連跑帶跳地回家來。

宋媽正在跟一個老婆子換洋火，房簷底下堆着字紙簍，舊皮鞋，空瓶子。

我進了屋子就到小牀前的櫃裏找出手錶來。小小圓圓的金錶，鑲着幾粒亮亮的鑽石，上面的針已經不能走動了，媽媽說要修理，可一直放着，我很喜歡這手錶，常拿來戴在手上玩，就歸了我了。我正站在三屜桌前玩弄着，忽然聽見窗外宋媽正和老婆子在說什麼，我仔細聽，宋媽說：

只剩半扇的院門。　（攝於西城油房胡同12號）

凝視。　一隻鴿子，又一隻鴿子，飛落在老屋的瓦頂上，它們似乎在凝視着古城的日下，凝視着古城一代又一代人的繁衍、生活和勞作。它們，連同它們站立的瓦頂，都染上了日下的餘暉，一切像是停住了，在空寂純白的天幕下。噢，正是在人與世界的瞬息萬變中，我明白了"停住"的意思，那是屬於永恆，它關照和溫暖人類的心魂，導正走路的方向。（攝於鴉兒胡同〔原鴨兒胡同、廣化寺街。侯位胡同併入〕）

　　"後來呢？"

　　"後來呀，"換洋火的老婆子說："那學生一去到如今晚兒就沒回來！臨走的時候許下的，回到他老家賣田賣地，過一個月就回來明媒正娶她。好嘛！這一等就是六年啦！多俊的姑娘，我眼瞧着她瘋的。……"

　　"說是怎麼着？還生了個孩子？"

　　"是呀！那學生走的時候，姑娘她媽還不知道姑娘有了，等到現形了，這才趕着送回海甸義地去生的。"

　　"義地？"

　　"就是他們惠安義地，惠安人在北京死了就埋在他們惠安義地裏。原來王家是給義地看墳的，打姑娘的爺爺就看起，後來才又讓姑娘她爹來這兒當長班，誰知道出了這麼檔子事兒。"

　　"他們這家子倒是跟惠難有緣，惠難離咱們這兒多遠哪？怎麼就一去不回頭了呢？"

　　"可遠嘍！"

　　"那麼生下來的孩子呢？"

"孩子呀,一落地就裹包裹包,趁着天沒亮,送到齊化門城根底下啦!反正不是讓野狗吃了,就是讓人撿去了!"

"姑娘打這兒就瘋啦?"

"可不,打這兒就瘋了!可憐她爹媽,這輩子就生下這麼個姑娘。唉!"

兩個人說到這兒都不言語了,我這時已經站到屋門口傾聽。宋媽正數着幾包丹鳳牌的紅頭洋火,老婆子把破爛紙往她的大筐裏塞呀塞呀!鼻子裏吸溜着清鼻涕。

宋媽又說:

"下回給帶點刨花來。那——你跟瘋子她們是一地兒的人呀?"

"老親嘍!我大媽娘家二舅屋裏的三姐算是瘋子她二媽,現在還在看墳,他們說的還有錯兒嗎?"

從牆裏崛起的樹枝。 兩個後窗,兩根枝條,中間是個流雨水的瓦口。(攝於南長街大宴樂胡同〔西大街三條併入〕9號)

鐵釘釘成的凸字圖案在臨街門柱上。　（攝於宣武椿樹南柳巷2號）

竹門簾和晾衣服的竹竿。　冬天，北京冷，為了防止熱氣外泄，冷氣襲入，門前掛的是棉門簾，藍布面，鑲很寬的黑邊，內絮棉花，用針納出斜方格花紋。到了夏天，又換上竹簾，它是又防蚊又通風，而且，從屋內往外看，清清楚楚，從院往裏看，什麼看不出。隔着竹簾，看院景，春花夏雨秋葉黃，也是個樂子。　（攝於椿樹南柳巷）

宋媽一眼看見了我，說：

"又聽事兒，你。"

"我知道你們說誰。"我說。

"說誰？"

"小桂子她媽。"

"小桂子她媽？"宋媽哈哈大笑："你也瘋啦？哪兒來的小桂子她媽呀？"

我也哈哈笑了，我知道誰是小桂子她媽呀！

二

天氣暖和多了，棉襖早就脫下來，夾襖外面早晚涼就罩上一件薄薄的棉背心，又輕又軟。我穿的新布鞋，前頭打了一塊黑皮子頭，老王媽——秀貞她媽，看見我的新鞋說：

"這雙鞋可結實喲——把我們家的門檻兒踢爛了，你這雙鞋也破不了！"

惠安館我已經來熟了，會館的大門總是開着一扇，所以我隨時可以溜進來。我說溜進來，因為我總是背着家裏的人偷着來的，他們只知道我常常是隨着宋媽買菜到井窩子找妞兒，一見宋媽進了油鹽店，我就回頭走，到惠安館來。

我今天進了惠安館，秀貞不在屋裏。炕桌上擺着一個大玻璃缸，裏面是幾條小金魚，游來游去。我問王媽：

地道尋常百姓家。 吃白菜而留下菜心，栽於花盆內，看它開花——也是居家過日子的一個樂兒。 （攝於地安門東大街）

“秀貞呢？”

“跨院裏呢！”

“我去找她。”我說。

“別介，她就來，你這兒等着，看金魚吧！”

我把鼻子頂着金魚缸向裏看，金魚一邊游一邊嘴巴一張一張地在喝水，我的嘴也不由得一張一張地在學魚喝水。有時候金魚游到我的面前來，隔着一層玻璃，我和魚鼻子頂牛兒啦！我就這麼看着，兩腿跪在炕沿上，都麻了，秀貞還不來。

我翻腿坐在炕沿上，又等了一會，還不見秀貞來，我急了，溜出了屋子，往跨院裏去找她。那跨院，彷彿一直都是關着的，我從來也沒有見誰去過那裏。我輕輕推開跨院門進去，小小的院子裏有一棵不知道什麼樹，已經長了小小的綠葉子了。院角地上是乾枯的落葉，有的爛了。秀貞大概正在打掃，但是我進去時看見她一手拿着掃帚倚在樹幹上，一手掀起了衣襟在擦眼睛，我悄悄走到她跟前，抬頭看着她。她也許看見我了，但是沒理會我，忽然背轉身子去，伏着樹幹哭起來了，她說：

「小桂子，小桂子，你怎麼不要媽了呢？」

那聲音多麼委屈，多麼可憐啊！她又哭着說：

「我不帶你，你怎麼認得道兒，遠着呢！」

我想起媽媽說過，我們是從很遠很遠的家鄉來的，那裏是個島，四面都是水，我們坐了大輪船，又坐大火車，才到這個北京來。我曾問媽媽什麼時候回去，媽說早着呢，來一趟不容易，多住幾年。那麼秀貞所說的那個遠地方，是像我們的島那麼遠嗎？小桂子怎麼能一個人跑了去？我替秀貞難過，也想念我並不認識的小桂子，我的眼淚掉下來了。在模模糊糊的淚光裏，我彷彿看見那騎着大金魚的胖娃娃，是什麼也沒穿啊！

我含着眼淚，大大地倒抽了一口氣，為的不讓我自己哭出來，我揪揪秀貞褲腿叫她：

(左)平常。　廊柱上的垂吊——菜籃子和鳥籠子，生計和樂趣，合在一起，大約是老百姓的平常日，平常心。（攝於地安門東大街）

(右) 陽光下，門前的水缸、水桶和花盆。　（攝於南長街西巷〔原西大街。土地廟併入〕）

"秀貞!秀貞!"

她停止了哭聲,滿臉淚蹲下來,摟着我,把頭埋在我的前胸擦來擦去,用我的綿綿軟軟的背心,擦乾了她的淚,然後她仰起頭來看看我笑了,我伸出手去調順她的揉亂的劉海兒,不由得說:

"我喜歡你,秀貞。"

秀貞沒有說什麼,吸溜着鼻涕站起來。天氣暖和了,她也不穿綁腿棉褲了,現在穿的是一條肥肥的散腿褲。她的腿很瘦嗎?怎麼風一吹那褲子,顯得那麼晃盪。她混身都瘦,剛才蹲下來伏在我的胸前時,我看那塊後脊背,平板兒似的。

秀貞拉着我的手說:

"屋裏去,幫着拾掇拾掇。"

小跨院裏只有這麼兩間小房,門一推吱啞啞的一串尖響,那聲音不好聽,好像有一根刺扎在人心上。從太陽地裏走進這陰暗的屋裏來,怪涼的。外屋裏,整整齊齊地擺着書桌,椅子,書架,上面滿是灰土,我心想,應該叫我們宋媽來給撣撣,準保揚起滿屋子的灰。爸爸常常對媽說,為什麼宋媽不用濕布擦,這樣大撣一陣,等一會兒,灰塵不是又落回原來的地方了嗎?但是媽媽總請爸爸不要多嘴,她說這是北京規矩。

走進屋裏去,房間更小一點,只擺了一張牀,一個茶几。牀上有一口皮箱,秀貞把箱子打開來,從裏面拿出一件大棉袍,我爸爸也有,是男人的。秀貞把大棉袍抱在胸前,自言自語地說:

"該翻翻添點棉花了。"

她把大棉袍抱出院子去曬,我也跟了去。她進來,我也跟進來。她叫我和她把箱子抬到院子太陽底下曬,裏面只有一雙手套,一頂呢帽和幾件舊內衣。她很仔細地把這幾件零碎衣物攤開來,並且拿起一件條子花紋的褂子對我說:

"我瞧這件褂子只能給小桂子做夾襖裏子了。"

"可不是,"我翻開了我的夾襖裏給秀貞看:"這也是用我爸爸的舊衣服

變遷。 老門，變成了窗；孤零零的一個門枕石彷彿拿出證據似的在講從前的故事。院內，除了老樹探出牆頭，還有一個綁在竹竿上掃房用的雞毛撢子，是黑雞毛，瞅見了麼？（攝於未英胡同〔原未央胡同，下窪子中段併入〕）

給改的。”

"你也是用你爸爸的？你怎麼知道這衣服就是小桂子她爹的？"秀貞微笑着瞪眼問我，她那樣子很高興，她高興我就高興，可是我怎麼會知道這是小桂子她爹的？她問得我答不出，我斜着頭笑了，她逗着我的下巴還是問：

"說呀！"

我們倆這時是蹲在箱子旁，我很清爽地看着她的臉，劉海兒被風吹倒在一邊，她好像一個什麼人，我卻想不出。我回答她說：

"我猜的。那麼——"我又低聲地問她："我管小桂子她爹叫什麼呀？"

"叫叔叔呀！"

"我已經有叔叔了。"

"叔叔還嫌多？叫他思康叔叔好了，他排行第三，叫他三叔也行。"

（上）跨院的天窗。　　進院，一層一層，很深，很靜，連自己的腳聲都聽得真切。回首一望，老屋的夾縫中，天，格外清白，廓出了大樹和遠處的天窗。（攝於西絨線胡同〔原絨線胡同〕）

（下左）夾道中的拱形門樓。　　（攝於宣武椿樹南柳巷）

（下右）窗。　　本來是窗戶，通氣進光的。不知怎的，敷上了木板，遮得嚴嚴實實。怕看？防盜？還是什麼？（攝於宣武後青廠胡同〔原後青廠。武進館夾道部分併入〕）

"思康三叔，"我嘴裏唸着。"他幾點鐘回家？"

"他呀，"秀貞忽然站起來，緊皺着眉毛斜起頭在想，想了好一會兒才說："快了。走了有個把月了。"

說着她又走進屋，我再跟進去，弄這弄那，又跟出來，搬這搬那，這樣跟出跟進忙得好高興。秀貞的臉這時粉嘟嘟的了，鼻頭兩邊也抹了灰土，鼻子尖和嘴唇上邊滲着小小的汗珠，這樣的臉看起來真好看。

秀貞用袖子抹着她鼻子上的汗，對我說："英子，給我打盆水來會不會？屋裏要擦擦。"

我連忙說：

"會，會。"

跨院的房子原和門房是在一溜沿的，跨院多了一個門就是了，水缸和盆就放在門房的房簷下。我掀開水缸的蓋子，一勺勺地往臉盆裏舀水，聽見屋裏有人和秀貞的媽說話：

"姑娘這程子可好點兒了嗎？"

"唉！別提了，這程子又鬧了，年年開了春就得鬧些日子，這兩天就是哭一陣子笑一陣子的，可怎麼好！真是……"

"這路毛病就是春天犯得兇。"

我端了一盆水，連晃連灑，潑了我自己一身水，到了跨院屋裏，也就剩不多了。把盆放在椅子上，忽然不知哪兒飄來炒菜香，我聞着這味兒想起了一件事，便對秀貞說：

"我要回家了。"

秀貞沒聽見，只管在抽屜裏翻東西。

我是想起回家吃完飯還要到橫胡同去等妞兒，昨天約會好了的。

又涼又濕的褲子，貼在我的腿上，一進門媽媽就罵了：

　　"就在井窩子玩一上午？我還以為你掉到井裏去了呢？看你弄這麼一身水！" 媽一邊給我換衣服，一邊又説："打聽打聽北京哪個小學好，也該送進學堂了，聽説廠甸那個師大附小還不錯。"

　　媽這麼説着，我才看見原來爸爸也已經回來了，我弄了一身水，怕爸爸要打罵我，他厲害得很，我縮頭看着爸爸，準備被挨打的姿勢，還好他沒注意，抽着煙捲兒在看報，漫應着説：

　　"還早呢，急什麼。"

　　"不送進學堂，她滿街跑，我看不住她。"

　　"不聽話就打！"爸的口氣好像很兇，但是隨後卻轉過臉來向我笑笑，原來是嚇唬我呢！他又説："英子上學的事，等她叔叔來再對他説，由他去管吧！"

（左上）臨街的二層磚木紅樓──北平師範大學第一附屬小學的舊址。　“媽一邊給我換衣服，一邊又說：‘打聽打聽北京哪個小學好，也該送進學堂了，聽說廠甸那個師大附小還不錯。’”──林海音《城南舊事》。當我與助手高萍費了很大周折，貼近了這幢紅樓時，的確感到它十分氣派，還真不錯。邁上樓梯，攝下了可以觸摸小學時光的難忘畫面。

（左下）北平師範大學第一附屬小學的教室走廊。　　走廊朝東的一側是教室，朝西的一側是窗戶，打開窗，隔着北新華街，對面就是師範大學。為了擋住西曬，作了紅色的遮陽棚，與這紅樓和諧。

（中上）北平師範大學第一附屬小學的教室樓梯。　　“七歲的英子投考北京師範大學第一附屬小學。這是英子的第一件‘人生大事’，她知道這件事得靠自己。英子緊緊地拉着厲叔的手，認真地在附小的樓上、樓下教室一間間進出，認顏色、考數字、填木塊。”──夏祖麗《林海音傳》

（中下）歲月的光亮──樓梯扶手。　　歲月，也能發亮麼？在師大第一附小的走廊裏，當眼前突然一亮，看清了那是樓梯拐角扶手的瞬間，我們相信了。歲月，一屆一屆小學生的手，一代又一代老師的手，伴着早操、自習、上課下課搖鈴的聲音，多少次的上樓下樓，扶着它、摸着它，靠着它，碰撞着它……，成了這個樣子，像一件紫銅雕塑，閃爍着亮光。用您的手去觸摸一下吧！（雕塑本該就是讓參觀者去摸的）小坑小窪，微微的凸凹，彷彿是雕塑家創作時激情的刻記。　　我與夥伴高萍拍下了它，半晌說不出一句話。（攝於北新華街師大附小舊址）

（右）走廊裏，矮長凳。　　您看，這凳子該是誰坐的？又矮、又長、又寬，又是極結結實實的。在師大第一附小的教室走廊裏放着。什麼是最好的教育？一個凳子作了回答。

那四合院的迴廊、屋簷，還有熟識的燈傘——我們童年的夜晚，就常常是在這微弱的燈光下度過。
玩遊戲，"老鷹捉小雞"，小雞們你抱着我，我揪住他，他又牽着別的小孩，……，在"老鷹"的左突右逼之下東擁西退，跌跌撞撞，前仰後合，哪管啥男孩女孩，都是一身土，一身汗：哪管老鷹小雞，都是一樣的樂，一樣的忘記了一切。為什麼那時你老是覺得玩不夠，為什麼你現在還記得那麼真？因為它是地地道道的遊戲！人遠離了遊戲，也就遠離了人的本真。(攝於西交民巷87號院內)

　　吃完飯我到橫胡同去接了妞兒來，天氣不冷了，我和妞兒到空閒着的西廂房裏玩，那裏堆着拆下來的爐子，煙筒，不用的桌椅和牀鋪。一個破籐箱子裏，養了最近買的幾隻剛孵出來的小油雞，那柔軟的小黃絨毛太好玩了，我和妞兒蹲着玩弄箱裏的幾隻小油雞。看小雞啄米吃，總是吃，總是吃，怎麼不停啊！

　　小雞吃不夠，我們可是看夠了，蓋上籐箱，我們站起來玩別的。拿兩個制錢穿在一根細繩子上，手提着，我們玩踢制錢，每一踢，兩個制錢打在鞋幫上"嗒嗒"的響。妞兒踢時腰一扭一扭的，顯得那麼嬌。

　　這一下午玩得好快樂，如果不是妞兒又到了她吊嗓子的時候，我們不知道要玩多麼久。

　　爸爸今天買來了新的筆和墨，還有一疊紅描字紙。晚上，在煤油燈底下，他教我描紅模字，先唸那上面的字：“一去二三里，煙村四五家，亭台六七座，八九十枝花。”

爸爸說：

“你一天要描一張，暑假以後進小學，才考得上。”

早上我去惠安館找秀貞，下午妞兒到西廂房裏來找我，晚上描紅模字，我這些日子就這麼過的。

小油雞的黃毛上長出短短的翅膀來了，我和妞兒餵米餵水又餵菜，宋媽說不要把小雞肚子撐壞了，也怕被野貓給叼了去，就用一塊大石頭壓住籐箱蓋子，不許我們隨便掀開。

妞兒和我玩的時候，嘴裏常常哼哼唧唧的，那天一高興，她竟扭起來了，她扭呀扭呀比來比去，嘴裏唱着：“……開哀開門嗯嗯兒，碰見張秀才哀哀……”

“你唱什麼？這就是吊嗓子嗎？”我問。

“我唱的是打花鼓。”妞兒說。

她的興致很好，只管輕輕地唱下去，扭下去，我在一旁看傻了。她忽然對我說：“來！跟我學，我教你。”

“我也會唱一種歌，”不知怎麼，我想我也應當露一露我的本事，一下子想起了爸爸有一回和客人談天數唱的一首歌，後來爸曾教了我，媽還說爸爸教我這種歌真是沒大沒小呢！

“那你唱，那你唱。”妞兒推着我，我卻又不好意思唱了，她一定要我唱，我只好結結巴巴的用客家話唸唱起來：

“你聽着——想來麼事想心肝，緊想心肝緊不安！我想心肝心肝想，正是心肝想心肝……”

我還沒數完呢，妞兒已經笑得擠出了眼淚，我也笑起來了，那幾句詞兒可真是拗嘴。

“誰教你的？什麼心肝想心肝，心想心肝想的，哈哈哈！你唱的這是哪國的歌兒呀！”

（左）地上有投影的就要拆掉的小巷。　　拍攝它，只想證明，它是不該拆的。（攝於南長街養廉胡同〔老爺廟後巷併入〕）

（右）牆上的塗劃和牆前的斷木。　　塗劃，那是孩子們生活的記號。正如林海音小說裏："我口袋裏有一塊滑石，可以在磚上寫出白字來，我掏出來，就不由得順着人家的牆上一直畫下去，畫到我家的牆上。心裏想着如果沒有妞兒一起玩，是多麼沒有意思呢！"粗大的斷木，不知在牆前擱了多少年，附近住家的大人小孩，茶餘飯後閒聊玩耍，在此或靠或坐，或踩或蹲，成了幾十年人間活劇舞台的一個支點。（攝於西城二龍路西太平街）

我們倆摟在一堆笑，一邊瞎說着心肝心肝的，也鬧不清是什麼意思。

我們真快樂，胡說胡唱胡玩，西廂房是我們的快樂窩，我連做夢都想着它。

妞兒每次也是玩得夠不夠的才看看窗外，忽然叫喊："可得回去了！"說完她就跑，急得連"再見"都來不及說。

忽然一連幾天，橫胡同裏接不到妞兒了，我是多麼的失望，站在那裏等了又等。我慢慢走向井窩子去，希望碰見她，可是沒有用。下午的井窩子沒那麼熱鬧了，因為送水的車子都是上午來，這時只有附近人家自己推了裝着鉛桶的小車子來買井水。

我看見長班老王也推了小車子來，他一趟一趟來好幾趟了，見我一直站在那裏，奇怪地問我：

"小英子，你在這兒發什麼傻？"

我沒有說什麼，我自己心裏的事，自己知道。我說：

"秀貞呢？"我想如果等不到妞兒，就去找秀貞，跨院裏收拾得好乾淨了。但是老王沒理我，他裝滿了兩桶水，就推走了。

我正在猶豫着怎麼辦的時候，忽然從西草廠口上，轉過來一個熟悉的影子，那正是妞兒，我多高興！我跑着迎上去，喊她："妞兒！妞兒！"她竟不理我，就像不認識我，也像沒聽見有人叫她。我很奇怪，跟在她身邊走，但她用手輕輕趕開我，皺着眉頭眨眼，意思叫我走開。我不知道是怎麼回事，但見她身後幾步遠有一個高大的男人，穿着藍布大褂，手提着一個髒了的長布口袋，口袋上露出來我看見是一把胡琴。

　　我想這一定是妞兒的爸爸。妞兒常說"我怕我爹打"、"我怕我爹罵"的話，我現在看那樣子就知道，我不跟妞兒再說話了，就轉身走回家，心裏好難受。我口袋裏有一塊滑石，可以在磚上寫出白字來，我掏出來，就不由得順着人家的牆上一直畫下去，畫到我家的牆上。心裏想着如果沒有妞兒一起玩，是多麼沒有意思呢！

　　我剛要叫門，忽然聽見橫胡同裏咚咚咚有人跑步聲，原來是妞兒氣喘着跑來了，她匆匆忙忙神色不安地說："我明兒再來找你。"沒等我回答，她就又跑回橫胡同了。

　　第二天早晨，妞兒來找我，我們在西廂房裏，蹲下來看小油雞。掀開籐箱蓋子，我們倆都把手伸進去摸小油雞的羽毛，這樣摸着摸着，誰也沒說話。我本來是要說話的，但是沒有出聲，只是心裏在問她："妞兒，為什麼好多天沒來找我？""妞兒，是你爸爸很厲害不許你來嗎？""妞兒，昨天為什麼不許我跟你說話？""妞兒，你一定有什麼難受的事吧？"真奇怪，這些話都是我心裏想的，並沒有說出口，可是她怎麼知道的，竟用眼淚來回答我？她不說話，也不用袖子去抹眼，就讓眼淚滴答滴答落在籐箱裏，都被小油雞和着小米吃下去了！

　　我不知怎麼辦好了，從側面正看見她的耳朵，耳垂上扎了洞用一根紅線穿過去，妞兒的耳朵沒有洗乾淨，邊沿上有一道黑泥。我再順着她的肩膀向下看，手腕上有一條青色的傷痕，我伸手去撩起她的袖口看，她這才驚醒了，嚇得一躲閃，隨着就轉過頭來向我難過地笑笑。早晨的太陽，正照到西廂房裏，照到她的不太乾淨的臉上，又濕又長的睫毛，一閃動，眼淚就流過淚坑淌到嘴邊了。

　　忽然，她站起來，撩開袖口，撩起褲角，輕輕的說：

　　"看我爸爸打的！"

　　我是蹲着的，伸出手正好摸到她腿上那一條條腫起的傷痕。我輕輕地摸，倒惹得她哭出聲音來了。她因為不敢放聲，嚶嚶的小聲哭，真是可憐。我說：

"你爸爸幹嗎打你？"

她當時説不出話來，哭了好一會兒才説：

"他不許我出來玩。"

"是因為在我家待太久了？"

妞兒點點頭。

因為在我家玩久了，害得她挨打，我又難過，又害怕，想到那個高大的男人，我不由得説：

"那麼你快回去吧！"她站着不動，説：

"他一早出去還沒回來。"

"那麼你媽呢？"

"我媽也擰我，她倒不管我出來的事。爸爸也打她。打了她，她就擰我，説是我害的。"

妞兒哭了一陣子好些了，又跟我説這説那的，我説我從來沒有看過她的媽媽，妞兒説她的媽媽有點跛，一天到晚就是坐在炕頭上給人縫補衣服賺錢。

我告訴妞兒，我們從前不住在北京，是從一個很遠的島上來的。她也説：

"我們從前也不住在這兒，我們住在齊化門那邊。"

"齊化門？"我點點頭説："我知道那地方。"

"你怎麼會也知道齊化門呢？"妞兒奇怪地問我。

我想不出我是怎麼知道的，但我的確知道，好像有什麼人大清早曾帶我去過那裏，而且我也像看見了那裏的樣子似的，不，不，不是，我所看見的很模糊，也許那是一個夢吧？因此我就回答妞兒説：

"我夢見過那個地方，有沒有城牆？有一天，有一個女人抱着一個包袱，大清早上，偷偷地向城牆走去……"

"你是講故事吧？"

"也許是故事，"我斜着頭又深深地想了想。"反正我知道齊化門就

（左）老屋拆了一半，從一半中露出了皇城牆的"鋸齒兒"。　上小學，常聽"遠看城牆像鋸齒兒"，那是逗笑的話；今細看，果其不然。平民的逗笑話裏，正藏着真樸和長久的觀察。（攝於西城北長街）

（右）告別老屋。　（攝於椿樹下二條）

是了。"

　　妞兒笑了笑，手伸過來摟着我的脖子，我的手也伸過去摟住她的。但當我捏住她的肩頭，她輕喊了一聲："疼！疼！"

　　我的手連忙鬆開，她又皺着眉説："連這兒都給我抽腫了！"

　　"什麼抽的？"

　　"撢子。"停了一下她又説："我爸，還有我媽，他們──"但她頓住不説下去了。

　　"他們怎麼樣？"

　　"不説了，下回再跟你説。"

　　"我知道，你爸爸教你唱戲，要你賺錢給他們花。"這是我聽宋媽跟媽媽講過的，所以一下子就給説出來了。"要你賺錢還打你，憑什麼！"我説到後來氣憤起來了。

　　"喝喝，你瞧你什麼都知道，我不是要跟你説唱戲的事，你哪兒知道我要跟你説什麼呀！"

　　"到底要説什麼呢？説嘛！"

　　"你這麼猴急，我就不説了。你要是跟我好，我有好多話要跟你説，就是不許你跟別人説，也別告訴你媽。"

　　"我不會，我們小聲地説。"

妞兒猶豫了一會兒，伏在我的耳旁小聲而急快地說：

"我不是我媽生的，我爸爸也不是親的。"

她說得那樣快，好像一個閃電過去那麼快，跟着就像一聲雷打進了我的心，使我的心跳了一大跳。她說完後，把附在我耳旁的手挪開，睜着大眼睛看我，好像在等着看我聽了她的話，會怎麼個樣子。我呢，也只是和她對瞪着眼，一句話也說不出來。

我雖然答應妞兒不講出她的秘密，可是妞兒走了以後，我心裏一直在想着這件事，我越想越不放心，忽然跑到媽媽面前，楞楞地問：

"媽，我是不是你生的？"

廢墟——《城南》不再是城南，它只在記憶裏了。　六十年代，出於建設，我們失去了古城的城牆城樓；九十年代，還是出於建設，古城又失去了成片成片的胡同和四合院。甚至，連它們的廢墟也不復存在了。這座古城，記載着先人們在當時歷史的直接反應，它保留了先人的內在生活。遺棄了它們，意味着也將遺棄我們自己。（攝於宣武椿樹北極巷〔原北極庵。北極庵橫街併入〕東側）

"什麼？"媽奇怪地看了我一眼。"怎麼想起問這話？"

"你説是不是就好了。"

"是呀，怎麼會不是呢？"停一下媽又説："要不是親生的，我能這麼疼你嗎？像你這樣鬧，早打扁了你了。"

我點點頭，媽媽的話的確很對，想想妞兒吧！"那麼你怎麼生的我？"這件事，我早就想問的。

"怎麼生的呀，嗯——"媽想了想笑了，胳膊抬起來，指着胳肢窩説："從這裏掉出來的。"

説完，她就和宋媽大笑起來。

三

我手裏拿着一個空瓶子和一雙竹筷子，輕輕走進惠安館，推開跨院的門，院裏那棵槐樹，果然又垂着許多綠蟲子，秀貞説是吊死鬼，像秀貞的那幾條蠶一樣，嘴裏吐着一條絲，從樹上吊下來。我把吊死鬼一條條弄進我的空瓶裏，回家去餵雞吃，每天都可以弄一瓶。那些吊死鬼裝在小瓶裏，咕囊咕囊地動，真是肉麻，我拿着裝了吊死鬼的瓶子，胳膊常常覺得癢麻麻的，好像吊死鬼從瓶裏爬到我的胳膊上了，其實沒有。

我在把一條吊死鬼往瓶裏裝的時候，忽然想到了妞兒，心裏很不安。她昨天又挨揍了，拿了兩件衣服偷偷的來找我，進門就説：

"我要找我親爹親媽去！"她的臉有一邊被打得紅腫了。

"他們在哪兒呢？"

"我不知道，到齊化門，再慢慢地找。"

"齊化門在哪兒呢？"

"你不是説你也知道那地方嗎？"

"我是説我好像做夢夢見過那地方的。"

妞兒把兩件衣服塞在西廂房的空箱子裏，很有主意地抹乾了眼淚，恨恨地説：

出門，就是對面老屋的後山牆。 "天安門之西，皇城之南，有門三，俗稱南豁子，其中額曰南長街，民國元年所新闢也。入門而北，為南長街，又北為北長街""南長街之西，南曰豬肉下坡，今改為西大街。又西曰昇平署，今為華北大學。稍北曰後織門，再北曰大煙筒胡同，今改為大宴樂胡同。"——引自《燕都叢考》(攝於南長街大宴樂胡同〔西大街二條併入〕)

　　"我非找着我親爹不可。"

　　"你知道他長得什麼樣子嗎？"我真佩服她，但覺得這是一件太大太大的事。

　　"我一天一天地找，就會找到我親爹跟我親娘。他們的樣子我心裏知道。"

　　"那麼——"我也不知道要說什麼，因為我一點主意也沒有。

　　妞兒臨走的時候說，她不定哪天就要偷偷地走，但是一定會先來這裏跟我說一聲，並且帶走存在這裏的兩件衣服。

　　我昨天一直在想妞兒的事，心裏很不舒服，晚上就吃不下飯了，媽媽摸摸我的頭說：

　　"好像有點熱，不吃也好，早點去睡。"

晚風拂柳笛聲殘──傾頹的寺庵。　琉璃廠西街的盡頭，站在一片瓦礫上對枯草叢生的黃碧瓦頂作了最後的注目。這是 2003 年 4 月發生的事情。《順天時極縱談》：〝琉璃廠西門外，南、北分名為南、北柳巷，中有永光寺，相傳為前明之古剎。先時一般書局及裱工作多僦居於此。廠西之對面為鹿犄角胡同，北極庵南口迆西則為青廠矣。北極庵亦名剎，內中奉祀玄帝。迆西則為後青廠，迆北則為興盛寺，西則海波（北）寺街。〞（攝於宣武琉璃廠西街〔原琉璃廠。翟家胡同、豐家胡同、燈籠胡同、祝家胡同、存古胡同、周家胡同併入〕）

　　我上了牀，心裏還是不舒服，又說不出，就哭起來了。媽媽很奇怪，她說：

　　〝哭什麼？哪兒不舒服？〞我不知怎麼一來竟哭着說：

　　〝妞兒她爸爸啊……〞

　　〝妞兒她爸爸？怎麼啦？她爸爸怎麼着你啦？〞宋媽也過來了，她說：

　　〝那個不是東西的，準是罵了我們英子了，還是打了你啦？〞

　　〝不是！〞我忽然覺出我是說了什麼糊塗話，便撒賴地哭喊着說：〝我要找我爸爸！〞

　　〝是要找你爸爸呀！唉！嚇人！〞宋媽和媽媽都笑了。媽媽說：

　　〝你爸爸今天去看你叔叔，回來得晚點兒，你先睡吧！〞她又對宋媽說：

　　〝英子一生下來，她爸爸就給慣的，一不舒服，爸爸就抱着睡。〞

"羞不羞？"宋媽用一個手指劃我的臉我不理她，轉過臉去衝着牆閉上眼睛。

今天我早晨起來就好得多了，不像昨天那樣不安心。但是現在又想起妞兒，手裏不由得停止了捉蟲子的工作，呆呆地想，不知道什麼時候，妞兒就會離開我。

我把瓶子扔在樹下，站起來走到窗下向裏看。秀貞正在裏屋牀前的一個杌凳上坐着，面向着牀，我只看到她那小平板兒似的背影，辮子也沒梳好。她比手劃腳，又揚手哄蒼蠅，其實哪兒有蒼蠅？我輕輕地走進屋裏，在外屋桌旁靠着，傻看她在幹什麼，只聽她說：

"我準知道你昨兒晚上沒吃飯就睡覺了，是不是？那怎麼行！"

咦！真奇怪，秀貞怎麼知道我昨晚沒吃飯就睡覺了呢？我倚在裏屋的門框說：

"誰告訴你的！"

"啊？"她回過頭來看見我愁眉不展的樣子，很正經地對我說：

"還用人告訴我嗎？這碗粥一動也沒動呀！"說完指着牀旁茶几上的一個碗和一雙筷子。

有玻璃罩的煤油燈。　為了不隱沒它造型的別致，我們將其安置在石牆上，背景是單純灰白的天空。(攝於柏峪村)

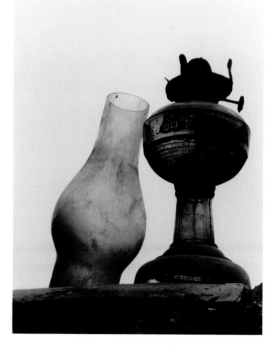

我這才知道秀貞說的不是我。自從天氣暖和了，打開一向深閉的跨院門以後，秀貞就一天到晚在這兩間屋裏出出進進，說着那種我又懂、又不懂的話。最先我以為是秀貞跟我玩"過家家

兒"，後來才又覺得不是假裝的事情，它太像真事了！

秀貞又向着那空牀發呆看了一會兒，轉過頭來，輕手輕腳地拉着我走到屋外來，小聲地說：

"睡着了，讓他睡去吧！這一場病也真虧他，沒親沒故的！"

外屋書桌上擺着那缸春天買的金魚，已經死了幾條，可是秀貞還是天天勤着換水，玻璃缸裏還加了幾根水草，紅色的魚在綠色的水草中鑽來鑽去，非常好玩。我怎麼知道魚是紅的草是綠的呢？媽媽教過我，她說快考小學了，老師要問顏色，要問住在哪兒，要問家裏有幾個人。秀貞還養了一盒蠶，她對我說過：

"你要上學，我們小桂子也該上學了，我養點蠶，吐了絲，好給小桂子裝墨盒用。"

有幾條蠶已經在吐絲了，秀貞另外把它們放在一個蒙了紙的茶杯上，就讓它們在那紙上吐絲。真有趣，那些蠶很乖，就不會爬到茶杯下面來。另外的許多蠶還在吃桑葉。

秀貞在打掃蠶屎，她把一粒粒的蠶屎裝進一個鐵罐裏，她已經留了許多，預備裝成一個小枕頭，給思康三叔用。因為他每天看書眼睛得保養，蠶屎是明目的。

我在旁邊靜靜地看着魚缸，看着吐絲，院子裏的樹，正靠在窗下，這屋裏陰涼得很，我們倆都不敢大聲說話，就像真的屋裏躺着一個要休息的病人。

秀貞忽然問我：

"英子，我跟你說的事記住沒有？"

我一時想不起是什麼事，因為她對我說過的事，真真假假的太多了。她說將來要我跟小桂子一塊兒去上學，小桂子也要考廠甸小學。她又告訴我從廠甸小學回家，順着琉璃廠直到廠西門，看見鹿犄角胡同雷萬春的玻璃窗裏那對大鹿犄角，一拐進椿樹胡同就到家了。可是她又說過，她要帶小桂子去找思康三叔，做了許多衣服和鞋子，行李都打點好了。

原北平師範大學舊址——教學行政區的平房。　現在，它是宣武區教育系統離退休老幹部活動站和教育工作者協會，總算幸運，舊址有了一個較為合適的歸宿吧。這小平房斜對着的，正是師大的圖書館海音先生工作過的圖書館。（攝於北新華街）

我最記得秀貞說過的話，那是她講的生小桂子的那回事。有一天，我早早溜到這裏找秀貞，她看見我連辮子都沒梳，就端出梳頭匣子來，從裏面拿出牛角梳子，骨頭針，和大紅頭繩，然後把我的頭髮散開來，慢慢地梳。她是坐在椅子上的，我就坐在小板凳上，夾在她的兩腿中間，我的兩隻胳膊正好架在她的兩腿上，兩隻手摸着她的兩膝蓋，兩塊骨頭都成了尖石頭，她瘦極了。我背着她，她問我：

"英子，你幾月生的？"

"我呀？青草長起來，綠葉發出來，媽媽說，我生在那個不冷不熱的春天。小桂子呢？"秀貞總把我的事情和小桂子的事情連在一起，所以我也就

(左)**原北平師範大學舊址——教學行政區小灰磚樓。** 為了海音先生，我和我的助手高萍尋訪到了她曾經工作過的北京師大，儘管這裏早已不是師大，甚至沒人知道這裏原是師大。圖中所攝，依鄧雲鄉《文化古城舊事》關於師大的描述，讓我們認出了許多。“在這組建築羣（教學樓）的北面，偏東一組小灰磚樓及平房，是教學行政區，校長室、秘書、教務、庶務等處都在這裏。正北平房院落，有小門進出，是女生宿舍。在西北隅，是飯廳、大廚房，飯廳南面……迎面牆上掛紅木鏡框，裏面是碗口大的正楷寫着朱柏廬《治家格言》的句子：‘一粥一飯，當思來之不易；半絲半縷，恆念物力唯艱’……”(攝於北新華街)

(右上)**北師大院落，虯枝泡桐。** 師大歷史，可上溯到“京師大學堂師範館”，那是光緒二十八年（1902）的事了。鄧雲鄉寫道：其後改名“北京高等師範學校”，簡稱“北京高師”。正名“北平師範大學”是在1932年的秋季。首任校長范源濂氏，字靜生，湖南湘陰人，是早期教育家，在美國考察後回來接任。師大校址，在和平門外新華街右側，是清末的一塊空地，琉璃廠窯的舊址。《魯迅日記》1932年11月27日記云：“午後往師範大學講演。”(攝於北平師範大學舊址)

(右下)**北師大平房宿舍的鐵皮水漏。** 千萬別小看了，這普通的水漏管道，用材厚實，方是方，圓是圓，接口嚴謹，扣環堅牢，歷盡百年風吹雨蝕而挺立不毀，配設在這灰色樸實的磚牆上。建築的一角，折射着一個有大師存在的嚴謹治學的文化時代。林海音的伴侶夏承楹，在此大學外文系畢業。（攝於北新華街）

一下子想起小桂子。

"小桂子呀，"秀貞説。"青草要黃了，綠葉快掉了，她是生在那不冷不熱的秋天。那個時光，桂花倒是香的，聞見沒有？就像我給你搽的這個桂花油這麼香。"她説着，把手掌送到我的鼻前晃一晃。

"小——桂——子。"我吸了吸鼻子，聞着那油味，不由得一字字的唸出來，我好像懂得點那意思。

秀貞很高興的説：

"對了，小桂子，就是這麼起的名兒。"

"我怎麼沒看見桂花樹？這裏哪棵樹是桂花？"我問。

"又不是在這屋子裏生的！"秀貞已經在編我的辮子了，辮得那麼緊，拉得我的頭髮根怪痛的，我説：

"為什麼用這麼大的力氣呀？"

"我當時要是有這麼大力氣倒好了。我生了小桂子，混身都沒勁兒，就昏昏沉沉地睡，睡醒了，小桂子不在我身邊了。我睡覺時還聽見她哭，怎麼醒了就沒有了呢？我問，孩子呢？我媽要説什麼，我嬸兒接過去了，她瞥了我媽一眼，跟我和和氣氣地説：你的身子微，孩子哭，在你身邊吵，我抱到我屋去了。我説，噢。就又睡着了。"秀貞説到這兒停住了，我的辮子已經紮好，她又接着説：

"彷彿我聽我媽對我嬸説：不能讓她知道。真讓人納悶兒，到底是怎麼檔子事兒？我怎麼到這兒就接不下去了呢？是她們把孩子給——？還是扔——絕不能夠！絕不能夠！"

我已經站起來，臉衝着秀貞看，她皺着眉頭，正呆呆地想。她説話常常都會忽然停住了，然後就低聲地説"真是讓人納悶兒，到底是怎麼檔子事兒"的話。她收梳頭匣子的時候，我看見我送小桂子的手錶在匣子裏，她拿起手錶，放在掌心裏，又説：

"小桂子她爹也有個大懷錶，可是死了當了，當了那個錶，他才回的家，這份窮，就別提了！我當時就沒告訴他我有了，反正他去個把月就回來。他跟我媽說，放心，他回家賣了山底下的白薯地，就到北京來娶我。千山萬水，走一趟也不容易，我要是告訴他我有了，不也讓他惦記着！你不知道他那情意多深！我也沒告訴我媽我有了，説不出口，反正人歸了他了，等嫁了再説也不遲……。"

"有了什麼？"我不明白。

"有了小桂子呀！"

"你不是剛説什麼沒有了嗎？"我更不明白。

"有了，沒了，有了，沒了，小英子，你怎麼跟我亂攪？你聽我給你算。"她把我給小桂子的錶收起來，然後用手指捏着算給我聽：

"他是春天走的。他走的那天，天兒多好，他提着那口箱子，都沒敢多看我，他的同鄉同學，有幾個送他到門口兒的，所以他就沒好再跟我説什麼。好在頭天晚上我給他收拾箱子的時候，我們倆也説得差不多了。他説，惠安的日子很苦，有辦法的都到海外謀生去了，那兒的地不肥，不能種什麼，白薯倒是種了不少。他們家，常年吃白薯，白薯飯，白薯粥，白薯乾，白薯條，白薯片，能叫外頭去的人吃出眼淚來。所以，他就捨不得讓我這個北邊人去吃那個苦頭兒。我説可不是，我媽就生我獨一個女兒，跟你去吃白薯，她怎麼捨得！他説，你是個孝女，我也是個孝子，萬一我母親扣住了我，不許我再到北京來了呢？我説，那我就追你去。

"送他到門口，看他上了洋車，抬頭看看天，一塊白雲彩，像條船，慢慢兒地往天邊兒上挪動，我彷彿上了船，心是飄的，就跟沒了主兒似的。

"我送他出去，回到屋裏來，噁心要吐，頭也昏，有點兒後悔沒告訴他這件事，想追出去，也來不及了。

"日子一天天地捱，他就始終沒回來，我肚子大了，瞞不住我媽，她急得盤問我，讓我説不出道不出的，可是我也顧不得害臊了，就告訴了我媽。我説，他總有一天回來，他不回來，我去！我媽聽了拿手堵住我的嘴，直説：姑娘，可別這麼説了，這份丟人呀！他真要是不回來，咱們可不能嚷嚷出去。就這麼，把我送回了海甸。

"小桂子生下來，真不容易，我一點勁兒都沒有，就聞着窗戶外頭那棵桂花樹吹進來的一陣陣香氣，我心說，生個女的就叫小桂子。接生的姥娘婆叫我咬住了辮子，使勁，使勁，總算落了地，呱呱呱，哭聲好大呀！"

秀貞說到這兒，喘了一大口氣，她的臉色變青了，故事接不下去，就隨便說了，她說：

"小英子，你不心疼你三嬸嗎？"

"誰是三嬸？"

"我呀！你管思康叫三叔，我就是你三嬸，你還算不過這帳來。叫我一聲。"

"嗯——"我笑了，有些難為情，但還是叫了她："三嬸。秀貞。"

"你要是看見小桂子就帶她回來。"

"我怎麼知道小桂子什麼樣兒？"

"她呀，"秀貞閉上眼睛想着說："粉嘟嘟的一個小肉團子，生下來我看見一眼了，我睡昏過去那陣兒，聽我媽跟姥娘婆說，瞧！這真是造孽，脖子後頭正中間兒一塊青記，不該來，非要來，讓閻王爺一生氣用手指頭給戳到世上來的！小英子，脖子後頭中間有指頭大一塊青記，那就是我們小桂子，記住沒有？"

"記住了。"我糊裏糊塗地回答。

那麼，她現在問我說的事記住沒有，就是這件事嗎？我回答她說："記住了，不是小桂子那塊青記的事嗎？"

秀貞點點頭。

秀貞把桌上的蠶盒收拾好，又對我說：

"趁着他睡覺，咱們染指甲吧。"她拉我到院子裏。牆根底下有幾盆花，秀貞指給我看，"這是薄荷葉，這是指甲草。"她摘下來了幾朵指甲草上的紅花，放在一個小瓷碟裏，我們就到房口兒台階上坐下來。她用一塊冰糖在輕輕的搗那紅花。我問她：

"這是要吃的嗎？還加冰糖？"

瓦頂上冬日閒置的花盆。 那花盆大約是放在牆根兒底下的。種的什麼？"這是薄荷葉，這是指甲草。"——林海音《城南舊事》（攝於西單西絨線胡同）

秀貞笑得呵呵的，説：

"傻丫頭，你就知道吃。這是白礬，哪兒來的冰糖呀！你就看着吧。"

她把紅花朵搗爛了，要我伸出手來，又從頭上拿下一根夾子，挑起那爛玩意兒，堆在我的指甲上，一個個堆了後，叫我張着手不要碰掉，她説等它們乾了，我的手指甲就變紅了，像她的一樣，她伸出手來給我看。

我的手，張開了一會兒，已經不耐煩了，我説：

"我要回家去了。"

"你回家非弄壞了不可，別走，聽我給你講故事兒。"她説。

"我要聽三叔的故事兒。"

"小聲點兒，"她向我擺手，輕輕地説："讓我先看看他醒過來沒有，他要不要喝水。"她進去了一下，又出來了，坐下後，手支撐在大腿上托着下巴頦兒，忽然向着槐樹發起呆來。

"説呀！你。"我説。

她驚了一下，"嗯？"好像沒聽見我的問話，但跟着眼淚掉下來了，"還説呢，人都沒影兒了，都沒影兒了！老的！小的！"

我一聲不響，她自己抽抽噎噎地哭了一會兒，才又大喘了一口氣，望我笑了，那淚坑！我就覺得在什麼地方看見過秀貞這個人，這個臉。

秀貞用手指抹抹淚，拉過我的手托在她的手上，這樣，我就輕鬆點，不覺得張開染指甲的手很累了。她又側起身子看着跨院門，好像在張望什麼人。她自言自語地説：

"就是這時節他來的，一捲鋪蓋，一口皮箱，搬進了這小屋裏。他身穿一件灰大褂，大褂上別着一枝筆。我正在屋裏沒打掃完呢！爹領他進來的，對

綠的婆娑，綠的纏繞。　院裏，天棚的藤蔓跑到了牆上屋上，牆上的爬山虎跑上了天棚，我就喜歡這亂勁兒，這亂裏透着生機，透着淘氣，透着要滿天滿地。（攝於宣武椿樹南柳巷胡同52號）

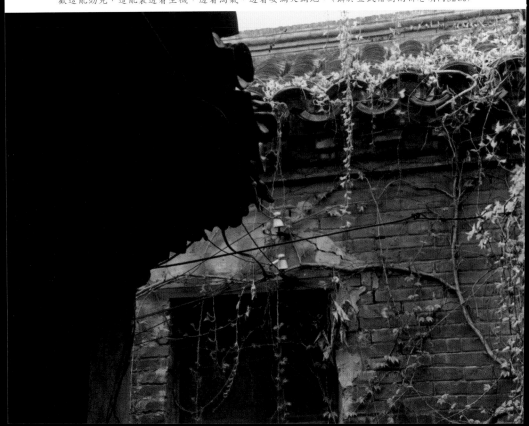

沉甸甸活潑潑地生活。 山牆影壁上，有數字的圓圈，這自然是孩童投球遊戲的靶環；還有靠在
一邊的杆杆，斜纏着紅、白相間布條，是逛廟會買的刀槍；還有修房的木梯、支涼棚的竹竿、裝
菜的藤筐，以及一直懸掛在過道兒那盞古老的燈傘。生活不容易。（攝於機織街胡同〔原集祉街、
濟州街〕）

他說，'會館裏正院房子都住滿了，陳家二老爺讓給您騰出這兩間小屋來。'
他說：'好，好，這樣就很好。'爹給他打開行李，把那牀又薄又舊的棉被
攤開，我心想，他怎麼過這北京的大冷天？小英子，住在會館唸書的學生，
有幾個有錢的？有錢的就住公寓去了。我爹常說，想當年，陳家二老爺上京
來考舉，還帶着個小碎催伺候筆墨呢？二老爺中了舉，在北京做官，就把這
間會館大翻修了一回，到如今，窮學生上京來唸書，都是找着二老爺說話。
二老爺說，思康是他們鄉裏的苦學生，能唸出書來，要我們把堆煤的這兩間
小屋收拾了給他住。

　　"我還在趕着擦玻璃呢，沒正眼看他。我爹對他說，這牀被呀！過不了
冬。爹真愛管人家的事，他準是不好意思了，就亂嗯嗯啊啊地沒說出什麼
來。爹又問他在哪家學堂，他說在北京大學，喝！我爹又說了，這趟不近，
沙灘兒去了！可是個好學堂呀！

　　"爹幫着他收拾好了那幾件破行李，就出去了，臨走看見我還在擦玻璃，

幾百年歷史的一條胡同，只剩一屋，立此存照。屋前有二株椿樹，初露嫩葉。　　"自兵部窪而西，絨線胡同以南，曰舊簾子胡同、新簾子胡同，曰後細瓦廠，前細瓦廠。再南即為半壁街，其間之小胡同，曰井樓胡同，曰八寶胡同，曰壩子胡同。又西為北新華街，原名東溝沿，西為板橋，北與西長安街相接，南與和平門相接，為民國間新闢之南北通衢。"東溝沿，明（代）舊溝。時有積水，後溝沿添平，闢為北新華街。　（攝於西舊簾子胡同9號）

他說，行啦，姑娘。我跟出來了，回頭看了他一眼，誰知道他也正抬眼看我呢！我心裏一跳，邁門坎兒差點摔出去！看他那模樣兒，兩隻眼兒到底有多深！你還沒看清楚他，他就把你看穿了。回到屋裏來，我吃飯睡覺，眼前都擺着他的兩隻那麼樣看人的眼睛。這就是緣分，會館一年到頭，來來往往的大學生多得是，怎麼我就——我就，……咳！"

秀貞的臉微微紅漲，抬起我的手，看我染的指甲乾了沒有，她輕輕地吹着我的指甲，眼皮垂下來，睫毛像一排小簾子，她問我：

"小英子，你明白了嗎？緣分。"她並不一定要我回答她，我也沒打算回答她，只是心裏想着，這樣的長睫毛，有一個人也有的，我想到西廂房我那位愛哭的朋友了。秀貞又接着嘮叨：

"我天天給他送開水去，這件事本該是我爹做的。早晚兩趟，我們燒了大壺開水，送到各屋裏給先生們洗臉、泡茶。爹走慣了正院，就是把跨院給忘了。有時候思康就自己到我們窗根底下來要。'長班。'他就是這麼輕輕叫一聲，'有滾水嗎？'爹這才想起來，趕緊給人家補送去。有時爹倒是沒等叫就想起來了，可是他懶得再走，就支使我去。一來二去，這件差事——到跨院送開水，彷彿就該是我做的了。

"我送水，一句話也沒跟他說過，我進了屋，他在書桌前坐着，就着燈看書呢，寫字呢，我就繃着臉兒，打開那茶壺蓋兒，刷——的，就聽見開水灌進壺的聲兒。他膽子小着呢，連眼都不敢斜過來，就那麼搭拉着眼皮坐着。有一天，我也好新鮮，往前挪了一步，微探着身子看他寫什麼，誰知他也扭過頭來了，說：'認得字嗎？'我搖了搖頭。打這兒起，我們倆就說話了。"

"那時小桂子在哪兒呢？"我忽然想起這個跟秀貞有關係的人。

"他呀！"秀貞笑了。"還沒影兒呢！對了？小桂子到底哪兒去了？你給找着沒有？那是我們倆的命根子呀！我還沒跟你說完呢，他有一天拉起我的手，就像我這麼拉你的手，說：'跟了我吧！'他喝了點兒酒，我也迷糊了，他喝酒是為的取暖，兩間屋子，生一個小火，還時有時無的。那天風挺大，吹得門框直響，我爹跟我娘回海甸取地租去了，讓舅媽來陪我，她睡着了，我就溜到這跨院裏來。他的臉滾燙，貼着我的臉，他說了好多話，酒氣薰着我，我聞也聞醉了。

"他常愛喝點兒酒，驅驅寒意，我就偷偷地買了半空兒花生，送到他的屋裏來，給他下酒喝。北風打着窗戶紙，響得吹笛兒似的。我握着他的手，暖乎乎的兩個人，就不冷了。

"他病了，我一趟趟地跑，可瞞不住我媽了。那天我端着粥，要送給他吃，媽說：'避點兒嫌疑，姑娘，懂得不懂得？'我一聲也沒言語。"

我從秀貞的眼裏，彷彿看見了躺在屋裏牀上的思康三叔了；他蓬着頭髮，喝水也沒力氣，吃飯也沒力氣，就哼哼着。

"後來呢？好了沒有？"我不由得問。

"不好怎麼走的？我可要倒下了！原來是小桂子來了！"

"在哪兒？"我轉回頭去看跨院門，並沒有人影兒。在我的幻想中，跨院門邊，應當站着一個女孩子；紅花的衫褲，一條像狗尾巴似的黃毛辮子，大大的眼睛，一排小簾子似的長睫毛，一閃一閃的，在向我招手呢！我頭有點昏，好像要倒下來，閉了一下眼睛，再睜開，門那邊，果然有個影子，越走越近了，那麼大的一個東西，原來——原來是秀貞的媽正向我招手，她說：

"秀貞，怎麼讓小英子在老爺兒裏曬着？"

"剛才這地方沒太陽。"秀貞說。

"快挪開，這邊兒不是有陰涼兒嗎？"秀貞的媽過來拉起我。

那幻影在我眼中消失了，我忽然又想起秀貞還沒講完的故事。我說：

"妞兒，不，小桂子在哪兒呢？你剛說的？"

秀貞噗哧笑了，指着她的肚子：

"在這兒呢，還沒生呢！"

秀貞的媽是來這院裏晾衣服的。一根繩子從樹枝上牽到牆那邊，她正一件件地往上晾。

秀貞看了說：

"媽，褲子晾在靠牆邊兒去吧，思康出來進去的不合適。"

王媽罵說：

"去你的！"

秀貞被她媽媽罵一句，並不生氣，又對我說：

"我媽倒是也疼思康，她跟我爹說，咱們沒兒子，你這老東西又沒唸過書，有個讀書識字的人在咱們家也是好事兒。我爹這才答應了。我剛才說到哪兒啦！噢，他好了，我不是病了嗎？他就說都是他害的我，他不是說要娶我教我唸書嗎？就在這時候，他家裏來了電報，他媽病了，叫他趕快回去。……"

"小英子，"王媽忽然截住秀貞的話，對我說："你怎麼那麼愛聽她那顛三倒四的廢話？也真怪，小孩子都怕她，躲着她，就是你不。"

晾衣服。　　多有緣分，畫面碰上了她的文字：「一根繩子從樹枝上牽到牆那邊，她正一件件地往上晾。」——林海音《城南舊事》（攝於西舊簾子胡同）

「媽，你別攪，我這兒還沒說完呢！我還有事託小英子呢！」

老王媽不理她，只顧對我說：

「小英子，該回去了，剛才我聽見宋媽在胡同裏叫你，我不敢說你在這兒。」

老王媽說完拿着空盆走了。秀貞看見她媽媽走出了跨院門，才又說：「思康這一去，有……」她搬着手指頭算：「有一個多月了，有六年多了，不，還有一個多月就回來，不，還有一個月我就生小桂子了。」

不管是六年，是一個多月，秀貞跟我一樣的算不清楚。她這時把我的手拿起來看看，就把指甲上的乾爛花剔開，喲，我的指甲都是紅的了！我高興極了，直笑直笑，擺弄我的手。

「小英子，」她又低聲說：「我有件事託你，看見小桂子就叫她來，一塊

（左）煙雨京華。　（攝於正陽門箭樓東側）

（右）秋雨秋葉。　　北海，是元、明時代皇城內苑太液池的北部，1925年正式闢為公園。（攝於
北海瓊華島）

兒找她爹去，我們要是找到她爹，我病就好了。"

"什麼病？"我看着秀貞的臉。

"英子，人家都說我得了瘋病，你說我是不是瘋子？人家瘋子都滿地撿東
西吃，亂打人，我怎麼會是瘋子，你看我瘋不瘋？"

"不，"我搖搖頭，真的，我只覺得秀貞那麼可愛，那麼可憐，她只是要
找她的思康跟妞兒──不，跟小桂子。

"他們怎麼都走了不回來了呢？"我又問。

"思康準是讓他媽給扣住了。小桂子呢，我也納悶是怎麼檔子事兒，沒在
海甸，沒在我嬸兒屋裏。我一問，媽急了，說：'扔啦！留那麼一個南蠻子
種兒幹嗎？反正他也不回來了，坑人！'我一聽，登時就昏倒了，醒了，他
們就說我是瘋子。小英子，我千託萬託你，看見小桂子就帶她來，我什麼都

預備好了。回去吧。"

我聽楞了，腦子裏好像有一幅畫，慢慢越張越大，我的頭也有點不舒服似的，我一邊答應："好好，好好。"一邊跑出跨院，跑出惠安館，一路踢着小石塊，看着我手上的紅指甲，回到了家。

四

"看你臉曬得那麼紅！快來吃飯。"媽媽看見我滿頭大汗地回來，並沒有太責備我。

但是我只想喝水，不想吃飯，我灌了幾杯涼開水下去，坐到飯桌上，喘着氣，拿起筷子，可是看我自己的指甲玩。

"誰給你染的？"媽問。

"小妖精，小孩子染指甲，做唔得！"爸爸也半生氣地說。

"誰給你染的？"媽又問。

"嗯——"我想了一下。"思康三嬸。"我不敢，也不肯說秀貞是瘋子。

遠去了,我望着;看不見影了,我,仍望着。 "長亭外,古道邊,芳草碧連天,晚風拂柳笛聲殘,夕陽山外山。天之涯,地之角,知交半零落,一瓢濁酒盡餘歡,今宵別夢寒。"——李叔同詞曲《送別》(攝於西郊八角村)

"跑到外面去認什麼阿叔阿嬸!"媽給我挾了一碟子菜,又對我說:"你叔叔說,還有一個月就要考小學了,你到底會數到什麼數了?算算看,不會數就考不上的。"

"一,二,三……十八,十九,二十,二十六……"我的腦筋實在有些糊塗,只想扔下筷子去牀上躺一會兒,但是我不肯這樣做,因為他們會說我有病了,不許我出去。

"亂數!"媽瞪了我一眼。"聽我給你算,二俗,二俗錄一,二俗錄二,二俗錄三,二俗錄素,二俗錄五,……"

在旁邊伺候盛飯的宋媽首先忍不住笑了,跟着我和爸爸都哈哈大笑起

來，我趁此扔下筷子，説：

「媽，你的北京話，我飯都吃不下了，二十，不是二俗；二十一，不是二俗錄一；二十二，不是二俗錄二……」

媽也笑了，説：

「好啦好啦，不要學我了。」

我沒有吃飯，爸媽都沒注意。大概剛才喝了涼開水，人好些了，我的頭已經不暈了。爸媽去睡午覺，我走到院子裏，在樹下的小板凳上坐着，看那一羣被放出來的小油雞。小油雞長得很大了，正滿地地啄米吃。樹上蟬聲「知了知了」的叫，四下很安靜。我撿起一根樹枝子在地上畫，看見一隻油雞在啄蟲吃，忽然想起在惠安館捉的那瓶吊死鬼忘記帶回來。

我雖然這樣想着，但是竟懶得站起身來，好像要睏了，不由得閉上了眼睛，隨着俯下身子來；兩手抱住頭，深深地埋在大腿上。

在這像睡不睡的夢中，我的眼前一片迷亂；在跨院的樹下捉蠶，吊死鬼在玻璃瓶裏蠕動着，一會兒又變成了秀貞屋裏桌上的蠶，仰着頭在吐絲，好像秀貞把蠶放在胳膊上爬，一發癢，猛睜開眼抬起頭來看，原來是兩隻蒼蠅在我的胳膊上飛繞。我揚揚手轟開蒼蠅，又埋頭睡下了。這回是一盆涼水，順着我的脊背澆下來，涼颼颼的，我抱緊了頭，不行，又是一盆涼水從脖子上灌下來，又涼又濕，我說冷啊！旁邊有人咯咯地笑，我掙扎着站起來，猛下子醒了，睜開眼，鬧不清這是什麼時候了？因為天好像一下子暗了，記得我坐在這裏的時候是有太陽光的呀！站在我面前的是妞兒，她在笑，我還覺得脊背是濕的冷的，用手背向後面去摸，卻又不是濕的。但身上還是有些涼意，不禁打了一個哆嗦，隨着又打了兩個噴嚏，妞兒笑容收斂了，說：

"你怎麼了？傻乎乎的，睡覺直說夢話。"

我好像還沒醒過來，要站不住，便趕快又坐下來。這時雷聲響了，從遠處隆隆地響過來。對面的天色也像潑了墨一樣的黑上來，濃雲跟着大雷，就像一隊黑色的惡鬼大踏步從天邊壓下來。起了微微的風，怪不得我身上覺得涼。我不由得問妞兒說：

"你冷不冷？我怎麼這麼冷。"

妞兒搖搖頭，驚疑地看着我，問：

"你現在的樣子真特別，好像嚇着了，還是挨打了？"

"沒有，沒有，"我說。"我爸爸只打我手心，從來不會像你爸爸，打你那麼兇。"

"那你是怎麼了呢？"她又指指我的臉："好難看啊！"

"我一定是餓的，中午沒吃飯。"

這時候雷聲更大了，好大的雨點滴落下來，宋媽到院子來收衣服，把小雞趕到西廂房裏。我和妞兒也跟着進來。宋媽把小雞扣好在雞籠裏，就又跑出去，嘴裏還說着：

"要下大雨了，妞兒回不去了。"

宋媽出去了以後，可不是雨立刻下大了。我和妞兒倚着屋門看下雨。雨聲那樣大，嘩嘩巴巴地打落在磚地上，地上的雨水越來越多了，院子犄角雖然有一個溝眼，但是也擠不下那麼多的雨水。院子的水漲高了，漫過了較低的台階，水濺到屋門來，濺到我們的褲腳上了，我和妞兒看這兒狠的雨水看呆了，眼睛注視着地上，一句話也不講。忽然媽媽在北屋的窗內向我說話又揚手，話我聽不見，揚手的意思是叫我們不要站在門口被雨濺濕了。我和妞兒便依着媽媽的手勢進屋來，關上了門，跑到窗前向玻璃外面看。

"不知道要下多久？"妞兒問。

"你可回不去了。"我說完，連着又打了兩個噴嚏。

我望着屋裏，想找個地方倒下來，最好有一牀被讓我臥在裏面。屋裏雖然有個舊牀鋪，但是牀上堆了箱子和花盆，而且滿是灰塵。我受不住了，不

古道關隘。 "相逢狹路間，道隘不容車。" ——古樂府《相逢行》（攝於香山）

由得走向牀那邊去，靠在箱子上。忽然想起妞兒存在空箱裏的兩件衣服，打開拿了出來。

妞兒也過來了，她問：

"你要幹嗎？"

"幫我穿上，我冷了。"我說。

妞兒笑笑說：

"你好嬌啊！下一點雨，就又打噴嚏，又要穿衣服的。"

她幫我穿上一件，另一件我裹在腿上。我們坐在一塊洗衣板上，擠在牆角，這樣我好像舒服一些。但是妞兒卻心疼被我裹在腿上的衣服，說：

"我就這兩件衣服，別給我拉扯壞了呀！"

"小器鬼，你媽給你做了好多衣服呢！借我一件都捨不得！"也許我的頭又發暈，不知怎麼，嘴裏說妞兒的媽，心裏可想到秀貞屋裏炕桌上一包小桂

子的衣服。

妞兒瞪大了眼,指着她自己的鼻子說:

"我媽?給我做好多衣服?你睡醒了沒有?"

"不是,不是,我說錯了,"我仰起頭,靠在牆上,閉上眼,想了一下才
說:"我是說秀貞。"

"秀貞?"

"我三嬸。"

"你三嬸,那還差不多,她給你做了好多衣服,多美呀!"

"不是給我做，是給小桂子做的。"我轉過頭，對着妞兒的臉看，她的一個臉，被我看成兩個臉，兩個臉又合成一個臉。是妞兒，還是小桂子，我分不清了，我心裏想的，有時不是我嘴裏說的，我的心好像管不住我的嘴了。

"幹嗎這麼瞪我？"妞兒驚奇地把頭略微閃躲了我一下。

"我在想一個人，對了，妞兒，講講你爸跟你媽的故事吧！"

"他們有什麼可講的！"妞兒撇了一下嘴。"我爸爸在前清家有皇上的時候，不用做事一天到晚吃喝玩樂，後來前清家沒有了，他就窮了，又不會做事，把錢花光了，就靠拉胡琴賺錢，他教我唱戲，恨不得我一下子就唱得跟碧雲霞那麼好，那麼賺錢。——嘿！小英子，我現在上天橋唱戲去了，圍一

(左) **協和醫院的大門一側兼傳達室。** 地上石柱圓樸碩大，用以護牆；壁燈，黑褐鑄鐵的框架，固住那透光的玻璃，挺像不畏風雨的馬燈在黑夜為患病求醫的人照亮。協和醫院為協和醫學院的教學醫院，名蜚中外。1906年，美英六個宗教團體在北京創辦了協和醫學院，1915年由美國洛克菲勒駐華的基金會接辦，改名協和醫科大學，1929年更名協和醫學院，並獲中國政府教育部認可立案。(攝於東單協和醫院大門)

(右) **協和醫院大門的把環。** 把環拙重，我撼動了一下，相信它還可以在這裏站崗百年。環紋雕刻的，是豐滿的穀粒還是繁茂的葉片？環的底部又有交叉的繫帶，是花環抑或是花圈？也許它是這些，又不是這些，它就是一個你永遠猜不出的象徵——安置在這所中國最好的醫院的大門上。透過橄欖色厚重的柵欄大門，我們看見了院內的石階，寬平的，灰白色的。是不是"1933年5月13日，含英和承楹在東單三條的協和醫院禮堂結婚"，新娘新郎就是從這台階走上去的呢？沒錯！看那台階，至今還染着和煦的陽光。(攝於東單協和醫院大門)

圈子人聽，唱完了我就捧着個小籮筐跟人要錢，一要錢人都溜了，回來我爸爸就揍我！他說，給錢的都是你爺爺，你得擺個笑臉兒，瞧你這份兒喪！說着他就拿棍子掄我。"

"你說的那個碧雲霞也在天橋唱呀？"

"哪兒呀！人家在戲園子裏唱，城南遊藝園，離天橋也不遠，聽碧雲霞的才都是大爺哪！可是我爸爸常說，在戲園子唱的，有好些是打天橋唱出來的。他就逼着我學，逼着我唱。"

"你不是也很愛唱嗎？怎麼說是他逼的？"

"我愛隨我自己，願意唱就唱，願意給誰聽就給誰聽，那才有意思。就比如咱們倆在這屋裏，我唱給你聽。"

是的，我想起剛認識妞兒的那天，油鹽店的夥計要她唱，她眼睛含着淚的那樣子。

"可是你還得唱呀！你不唱賺不了錢怎麼辦！"

"我呀，哼！"妞兒狠狠地哼了一聲。"我還是要找我親爹親媽去！"

"那麼你怎麼原來不跟你親爹親媽在一起呢？"這是我始終不明白的一件事。

"誰知道！"妞兒猶豫着，要說不說的樣子。外面的雨還是那麼大，天像要塌下來，又

醫院走廊的門半開着，走出來的將是誰？ "1941年11月25日，含英在協和醫學院生下她和承楹的第一個孩子，一個健康的男嬰。孩子一生下來，夏承楹立即從醫院打電話回家稟告母親，老太太馬上叫人點炷香，朝着院子謝菩薩保佑……" "男嬰依夏家'祖'字輩排，取名夏燁" ——夏祖麗《林海音傳》(攝於東單協和醫院大門)

像天上有一個大海的水都倒到地上來。

"有一天，我睡覺了，聽我爸跟我媽吵架。我爸說：'這孩子也夠拗的，嗓門兒其實挺好，可是她說不玩就不玩，可有什麼辦法呢！'我那瘸子媽說：'你越揍她，越不管事兒。'我爸說：'不揍她，我怎麼能出這口氣！撿來的時候還沒冬瓜大，我捧着抱着帶回家，而今長得比桌子高了，可是不由人管了。'我媽說：'你當初把她撿回來就錯了主意，跟親生親養的到底不一樣，說老實話，你也沒按親生的那麼疼她，她也不能拿你當親爹那麼孝順。'我爸嘆了口氣，又說：'一晃兒五、六年了！我那天也真邪行，走到齊化門臉兒屎急了。'我媽說：'是呀，你說一大早兒撿點煤核來燒，省得讓人看見怪寒蠢的，每天你不都是起來先出恭後才漱口洗臉嗎？那天你忙得沒上茅房，饒着煤核沒撿回來，倒撿了個不知誰家私生的小崽子來。'我爸又說：'我想着找城根底下蹲蹲吧，誰知道就看見個小包袱了呢！我先還以為我要發邪財，打開一看，敢情是她，活玩意兒，小眼還咕碌咕碌直轉哪！'我媽媽說：'哼！你而今打算在她身上發財，趕明兒唱得跟碧雲霞那麼紅，可不易。'……"

我又閉上眼睛，仰頭靠着牆聽妞兒絮絮叨叨地說，我好像聽過這故事，是誰講的呢？還說大清早就把那孩子裹包裹包扔到齊化門城根去？也許我是做夢，我現在常常做夢，宋媽說我白天玩瘋了晚飯又吃撐了，才又咬牙又撒囈症的。是嗎？我就閉着眼問妞兒：

"妞兒，你跟我說了好幾遍這故事啦！"

"胡說，我跟誰也沒說過，我今兒頭一回跟你說。你有時候糊裏糊塗的，還說要上學呢！我瞧你考不上。"

"可是，我真是知道的呀！你生的那時候，正是青草要黃了，綠葉快掉了，那不冷不熱的秋天，可是窗戶外頭倒是飄進來一陣子桂花的香氣。……"

妞兒推推我，我睜開眼，她奇怪地問：

"你在說什麼？是不是又睡着了撒囈症？"

"我剛才說了什麼？"我有些忘了，剛才也許是在夢中。

妞兒摸摸我的頭，我的胳膊，她說："你好燙啊！衣服穿多了吧！把我的衣服脫下來吧！"

"哪裏熱，我心裏好冷啊！冷得我直想打哆嗦！"我說着，看自己的兩條腿，果然抖起來。

妞兒看看窗外說：

"雨停了，我該回去了。"

她要站起來，我又拉住她，摟住她的脖子說：

"我要看你後脖子上的那塊青記，小桂子，你媽說你後脖上有塊青記，讓我找找……"

（左）庭院。 "我們的婚禮是在協和醫院禮堂舉行的。那裏的氣氛我最喜歡。禮堂的台前階層上，裝飾着一列的花草，一層麥冬草，一層各色的花。一條長長的紅地毯直通到台上去……" ——林海音《婚姻的故事》 （攝於協和醫院一庭院）

（右）東單三條北京協和醫院的屋頂。 "飛機在四方的北平城繞了一個圈子，她最後一瞥協和醫院的綠琉璃瓦屋頂，'心顫抖着，是一種離開多年撫育的乳娘的滋味。'"——夏祖麗《林海音傳》（攝於協和醫院內）

妞兒略微地掙開我，說："你怎麼今天總說小桂子小桂子的？你現在這樣兒，就像我爸喝醉了說胡話一樣！"

"是呀！你爸爸就愛喝口酒，冬天為的驅驅寒意，那天風挺大，你媽給他打了點兒酒又買了半空兒花生。……"

我糊裏糊塗地說着，拉開妞兒那條狗尾巴小辮兒，可不是，可不是，恍恍惚惚的，我看見在那雜亂的黃頭髮根裏面，中間是有一塊指頭大的青記。我渾身都抖起來了。

妞兒把她的臉貼在我的臉上，驚奇地說：

"你怎麼啦？你的臉好熱啊！都紅了，是不是病了？"

"沒有，我沒病。"我這時精神起來了，但是妞兒把我摟在她的懷裏，我正好看到妞兒尖尖的下巴。她低下頭來，一對大眼睛裏，忽然含滿了淚。我

（上）**舊建築。** 元代，這附近是金水橋故道，明代為一條南北向的排水溝，統稱河槽、溝沿。
1921年闢築成路，抗戰後更名佟麟閣路。 （攝於佟麟閣路）

（下左）**陽平會館戲樓。** （攝於前營〔原孝達〕胡同）

（下右）**取名笤帚胡同清真禮拜寺，地界屬揚威胡同。** （攝於茶兒胡同）

也好像有什麼委屈，實在我是覺得頭發重，支持不住了。妞兒這麼摟着我，摸撫着我，一種親愛的感覺，使我流出淚來了。妞兒說：

"英子，好可憐，身上這麼燙！"

我也說：

"你也好可憐，你的親爹，親媽──啊，妞兒，我帶你找你的親媽去，你們再一塊兒去找你親爹。"

"上哪兒找去？你睡覺吧，我怕你，你別瞎說了。"說着，她又摟緊我，拍哄我。但是我聽了她的話，立刻從她懷裏掙扎起來，喊着說：

"我不是瞎說！我是知道你親媽在哪兒，就在不遠，"我又摟着她的脖子在她耳旁小聲說："我一定要帶你去，你親媽說的，教我看見你就帶你去，就是，不錯，脖子後面有塊青記的嘛！"

她又奇怪地望着我，好一會兒才説：

"你的嘴好臭，一定是吃多了上火。可是，真的有這回事兒嗎！……你説我親媽？"

我看着她那驚奇的眼睛，點點頭。她的長睫毛是濕的，我一説，她微笑了，眼淚流到淚坑上！我覺得難過，又閉上眼，眼前冒着金星，再睜開眼，她變成秀貞的臉了，我抹去了眼淚再仔細看，還是妞兒的。我這時又管不住我的嘴了，我説：

"妞兒，晚上你吃完飯來找我，咱們在橫胡同口見面，我就帶你上秀貞那兒去，衣服你也不用帶，她給你做了一大包袱，我還送了你一隻手錶，給你看時候。我也要送秀貞一點東西。"

這時我聽見媽在叫我。原來雨停了，天還是陰的，妞兒説：

"你媽叫你呢！咱們先別説了，那就晚上見吧！"説着她就站起身，匆匆地推門出去了。

我很高興，所以有一股力氣站起來了，脱下妞兒的衣服，扔在雞籠上。我推門出去，院子裏一陣涼風吹着我，地上滿是水，媽媽叫我順着廊簷走，可是我已經淌水過來了。媽媽拉起我的手，剛想罵我吧，忽然她又兩手在我手上，身上，頭上亂按，驚慌地説：

"怎麼渾身這樣燒，病了，看是不是？中午從大太陽底下曬回來，臉通紅，剛才又淋了雨，現在又淌水。水，總是要玩水！去躺下吧！"

我也覺得渾身沒有力氣了，隨着媽媽把我拖到小牀來。她給我脫了濕的鞋，換了乾的衣服；把我安置在牀上躺下來，裹在軟綿綿的被裏，我的確很舒服，不由得閉上眼睛就睡着了。

醒來的時候，覺得熱了，踢開了被。這時屋裏漆黑，隔着布簾子空隙，可以看見外屋已經點了燈。我忽然想起一件要緊的事，大聲叫：

"媽，你們是不是在吃飯？"

"這樣混，她居然要吃飯呢！"是爸爸的聲音。跟着，媽媽進來了，端進來煤油燈放在桌上。我看見她的嘴還動着，嘴唇上有油，是吃了"回肉"嗎？

媽媽到牀前來，嚇唬着我說："你爸要打你了，玩病了還要吃。"

我急了，說：

"我不是要吃飯，我今天根本一天沒吃飯呀！就是問問你們吃飯了沒有？我還有事呢！"

"鬼事！"媽媽把我又按着躺下，說："身上還這麼熱，不知道你燒到多少度了，吃完飯我去給你買藥。"

"我不吃藥，你給我藥吃，我就跑走，你可別怪我！"

"瞎說！等一會兒宋媽吃完飯，叫她給你煮稀粥。"

媽不理會我的話，她說完就又回外屋去吃飯了。我躺在牀上，心裏着急，想着和妞兒約會好吃完飯在橫胡同口見面，不知道她來了沒有？細聽外面又有淅淅瀝瀝的雨聲，雖然不像白天那樣大，可是橫胡同裏並沒有可躲雨的地方，因為整條胡同都是人家的後牆。我急得胸口發痛，揉搓着，咳嗽了，一咳嗽，胸口就像許多針扎着那麼痛。

媽媽這時已經吃完飯，她和爸爸進來了。我的手按着嘴唇，是想用力壓着別再咳嗽出來，但是手竟在嘴上發抖；我發抖，不是因為怕爸爸，我今天從下午起一直在抖，腿在抖，手也抖，心也抖，牙也抖。媽媽這時看見我發抖的樣子，拿起我放在嘴唇上的手，說：

"燒得發抖了，我看還是給你去請趟山本大夫吧！"

"不要！不要那個小日本兒！"

爸爸這時也説：

"明天早晨再説吧，先用冰毛巾給她冰冰頭管事的。我現在還要給老家寫信，趕着明天早上發出去呢！"

宋媽也進來看我了。她向媽媽出主意説：

"到菜市口西鶴年堂家買點小藥，萬應錠什麼的，吃了睡個覺就好。"

媽媽很聽話，她向來就聽爸爸的話，也聽宋媽的話，所以她説：

"那好嘛，宋媽，我們倆上街去買一趟。英子，乖乖地躺着，吃了藥趕快好了好上學。等着，我還順便到佛照樓帶你愛吃的八珍梅回來。"

現在，八珍梅並不能打動我了，我聽媽和宋媽撐了傘走了，爸爸也到書

店舖——如果可以想像當年的話。　（攝於棕樹斜街）

（上）門板。　（攝於西茶食胡同）

（下）幾隻竹筐，盛垃圾的，到點兒，有清潔車給弄走。　（攝於西城翠花街）

房去了，我滿心想着和妞兒的約會。她等急了嗎？她會失望地回去了嗎？

　　我從被裏爬出來，輕手輕腳的下了地，頭很重，又咳嗽了，但是因為太緊張，這回並沒有覺到胸口痛。我走到五屜櫥的前面站住了，猶豫了一會兒，終於大膽地拉開了媽媽放衣服的那個抽屜，在最裏面，最下面，是媽媽的首飾匣。媽媽開首飾箱只挑爸爸不在家的時候，她並不瞞我和宋媽的。

　　首飾匣果然在衣服底下壓着，我拿了出來打開，媽媽新打的那隻金鐲在裏面！我心有點兒跳，要拿的時候，不免向窗外看了一眼，玻璃窗外黑漆漆的，沒有人張望，但是可以照到我自己的影子。我看見我怎樣拿出金鐲子，又怎樣把首飾匣放回衣服底下，推闔了抽屜，我的手是抖的。我要給秀貞她們做盤纏，媽媽說，二兩金子值好多好多錢，可以到天津，到上海，到日本玩一趟，那麼不是更可以夠秀貞和妞兒到惠安去找思康三叔嗎？這麼一想，我覺得很有理，便很放心的把金鐲子套在我的胳膊上面了。

　　我再轉過頭，忽然看玻璃窗上，我的影子清楚了，不！嚇了我一跳，原來是妞兒！她在向我招手，我趕快跑了出去，妞兒頭髮濕了，手上也有水，她小聲地對我說：

　　"我怕你真在橫胡同等我，我吃完飯就偷偷跑出來了。我等了你一會兒，想着你不來了，我剛要回去，聽見你媽跟宋媽過去了，好像說給誰買藥去，我不放心你，來看看，你們家的大門倒是沒拴上，我就進來了。"

　　"那咱們就去吧！"

　　"上哪兒去？就是你白天說的什麼秀貞呀？"

　　我笑着向她點了頭。

　　"瞧你笑得怕人勁兒！你病糊塗了吧！"

　　"哪裏！"我挺起胸脯來，立刻咳嗽了，趕快又彎下身子來才好些，我把手搭在她的肩上說："你一去就知道了，她多惦記你啊！比着我的身子給你做了好些衣服。對了，妞兒，你心裏想着你親媽是什麼樣兒？"

　　"她呀，我心裏常常想，她要是真的思念我，也得像我這麼瘦，臉是白白淨淨的，……"

“是的，是的，你説的一點兒都沒錯兒。”我倆一邊説着，一邊向門外去，門洞黑乎乎的，我摸着開了門，有一陣風夾着雨吹進來，吹開了我的短褲子，肚皮上又涼又濕，我仍是對她説：

“你媽媽，她薄薄的嘴唇，一笑，眼底下就有兩個淚坑，一哭，那眼睫毛又濕又長，她説：小英子，我千託萬託你，……”

“嗯。”

“她説，小桂子可是我們倆的命根子呀！……”

“嗯。”

“她第一天見着我，就跟我説，見着小桂子，就叫她回來。飯不吃，衣服也不穿，就往外跑，急着找她爹去……。”

“嗯。”

“她説，叫她回來，我們娘兒倆一塊兒去，就説我不罵她……。”

“嗯。”

我們倆已經走到惠安館門口了，妞兒聽我説，一邊“嗯，嗯，”的答着，一邊她就抽答着哭了，我摟着她，又説：

“她就是……”我想説瘋子，停住了，因為我早就不肯稱呼她是瘋子了，我轉了話口説：“人家都説她想你想瘋啦！妞兒，你別哭，我們進去。”

妞兒這時好像什麼都不顧了，都要我給她出主意，她只是一邊走，一邊靠在我的肩頭哭，她並沒有注意這是什麼地方。

上了惠安館的台階，我輕輕地一推，那大門就開了，秀貞説，惠安館的大門，前半夜都不拴上，因為有的學生回來得很晚。一扇門用槓子頂住，那一半就虛關着。我輕聲對妞兒説：

“別出聲。”

我們輕輕地，輕輕地走進去，經過門房的窗下，碰到了房簷下的水缸蓋子，有了響，裏面是秀貞的媽問：

“誰呀？”

“我，小英子！”

木電線杆子在京城已是稀物。　（攝於抄手胡同）

"這孩子！黑了還要找秀貞，在跨院裏呢！可別玩太晚了，聽見沒有？"

"嗯。"我答應着，摟着妞兒向跨院走去。

我從來沒有黑天以後來這裏，推開跨院的門，吱妞的一聲響，像用一根針劃過我的心，怎麼那麼不舒服！雨地裏，我和妞兒邁步，我的腳碰着一個東西，低頭看是我早晨捉的那瓶吊死鬼，我拾起來，走到門邊的時候，順手把它放在窗台上。

裏屋點着燈，但不亮。我開開門，和妞兒進去，就站在通裏屋的門邊。我拉着妞兒的手，她的手也直抖。

秀貞沒理會我們進來，她又在牀前整理那口箱子，背向着我們，她頭也沒回地說：

"媽，您不用催我，我就回屋睡去，我得先把思康的衣服收拾好呀！"

秀貞以為進來的是她的媽媽，我聽了也沒答話，我不知道怎麼辦好了，我想說話，但抽了口氣，話竟說不出口，只楞楞地看着秀貞的後背，辮子甩到前面去了，她常常喜歡這樣，說是思康三叔喜歡她這樣打扮，喜歡她用手指繞着辮梢玩的樣子，也喜歡她用嘴咬辮梢想心思的樣子。

大概因為沒有聽見我的答話吧？秀貞猛地回轉身來"喲"地喊了一聲，"是你，英子，這一身水！"她跑過來，妞兒一下子躲到我身後去了。

秀貞蹲下來，看見我身後的影子，她瞪大了眼睛，慢慢地，慢慢地，側着頭向我身後看，我的脖子後面吹過來一口一口的熱氣，是妞兒緊挨在我背後的緣故，她的熱氣一口比一口急，終於哇地一聲哭出來，秀貞這時也啞着嗓子喊叫了一聲：

（上左）一堆生火做飯的傢伙──過日子就是這麼回事。　（攝於葡萄院）

（上右）有水缸的胡同。　先前，胡同、庭院都有水缸，注滿水，一是自家喝用，二是掃地潑街。"黎明即起，灑掃庭院"，這可不是說給別人聽的，我們的上華人真是這樣勤勞啊。生活固然貧窮些，但裏裏外外乾淨、利落，活得像個樣兒。現在，和先華比勤勞，頗有汗顏。別疏忽，您看那唯一可做記憶的水缸，還是倒扣着的。　（攝於西松樹胡同 28 號）

（下）老了。　（攝於大柵欄珠寶市大街某院夾道）

　　　"小桂子！是我苦命的小桂子！"

　　秀貞把妞兒從我身後拉過去，摟起她，一下就坐在地上，摟着，親着，摸着妞兒。妞兒傻了，哭着回頭看我，我退後兩步倚着門框，想要倒下去。

　　過了好一會兒，秀貞才鬆開妞兒，又急急地站起來，拉着妞兒到牀前頭去，急急地說：

　　"這一身濕！換衣服，咱們連夜地趕，準趕得上，聽！"是靜靜的雨夜裏傳過來一聲火車的汽笛聲，尖得怕人。秀貞仰頭聽着想了一下又接着說："八點五十有一趟車上天津，咱們再趕天津的大輪船，快快快！"

　　秀貞從牀上拿出包袱，打開來，裏面全是妞兒，不，小桂子，不，妞兒的衣服。秀貞一件一件給妞兒穿上了好多件。秀貞做事那樣快，那樣急，我還是第一回看見。她又忙忙叨叨的從梳頭匣子裏取出了我送給小桂子的手錶，上了上弦給妞兒戴上。妞兒隨秀貞擺弄，但眼直望着秀貞的臉，一聲也不響，好像

院門，斜對着別院的院門。　木框的二道院門，不顯眼；蕭疏的枝條，潛發苞芽；還有透空的牆部，似花瓣形，似銅錢兒形，其實就是曲狀的灰瓦片被砌在裏面，讓您看出人的經心。（攝於西長安街賢效里〔原成公府夾道、賢孝里〕）

變呆了。我的身子朝後一靠，胳膊碰着牆，才想起那隻金鐲子。我撩起袖子，從胳膊上把金鐲子褪下來，走到牀前遞給秀貞説：

"給你做盤纏。"秀貞毫不客氣地接過去，立刻套在她的手腕上，也沒説聲謝謝，媽媽説人家給東西都要説謝謝。

秀貞忙了好一陣子，亂七八糟的東西塞了一箱子，然後提起箱子，拉着妞兒的手，忽然又放下來，對妞兒説："你還沒叫我呢，叫我一聲媽。"秀貞蹲下來，摟着妞兒，又搬過妞兒的頭，撩開妞兒的小辮子看她的脖子後頭，笑説："可不是我那小桂子，叫呀！叫媽呀！"

妞兒從進來還沒説過一句話，她這時被秀貞摟着，問着，竟也伸出了兩手，繞着秀貞的脖子，把臉貼在秀貞的臉上，輕輕難為情地叫：

"媽！"

我看見她們兩個人的臉，變成一個臉，又分成兩個臉，覺得眼花，立刻閉住眼扶住牀欄，才站住了。我的腦筋糊塗了一會兒，沒聽見她們倆又說了什麼，睜開眼，秀貞已經提起箱子了，她拉起妞兒的手，說："走吧！"妞兒還有點認生，她總是看着我的行動，伸出手來要我，我便和她也拉了手。

我們輕手輕腳地走出去，外面的雨小些了，我最後一個出來，順手又把窗台上的那瓶吊死鬼拿在手裏。

出了跨院門，順着門房的廊簷下走，這麼輕，腳底下也還是噗吱噗吱的有些聲音。屋裏秀貞的媽媽又說話了：

"是英子呀？還是回家去吧！趕明再來玩。"

"噯。"我答應了。

走出惠安館的大門，街上漆黑一片，秀貞雖然提着箱子拉着妞兒，但是她們竟走得那樣快，秀貞還直說：

"快走，快走，趕不上火車了。"

出了椿樹胡同口，我追不上她們了，手扶着牆，輕輕地喊：

"秀貞！秀貞！妞兒！妞兒！"

遠遠的有一輛洋車過來了，車旁暗黃的小燈照着秀貞和妞兒的影子，她倆不顧我還在往前跑。秀貞聽我喊，回過頭來說："英子，回家吧，我們到了就給你來信，回家吧！回家吧……"

聲音越細越小越遠了，洋車過去，那一大一小的影兒又蒙在黑夜裏。我趴着牆，支持着不讓自己倒下去，雨水從人家的房簷直落到我頭上，臉上，身上，我還啞着嗓子喊：

"妞兒！妞兒！"

我又冷，又怕，又捨不得，我哭了。

這時洋車從我的身旁過去，我聽車篷裏有人在喊：

"英子，是咱們的英子，英子……"

啊！是媽媽的聲音！我哭喊着：

"媽啊！媽啊！"

我一點力氣沒有了，我倒下去，倒下去，就什麼都不知道了。

五

遠遠的，遠遠的，我聽見一羣家雀兒在叫，吱吱喳喳、吱吱喳喳。那聲音越來越近了……不是家雀兒，是一個人，那聲音就在我耳邊。她說：

「……太太，您別着急了，自己的身子骨也要緊，大夫不是說了準保能醒過來嗎？」

「可是她昏昏迷迷的有十天了！我怎麼不着急！」

我聽出來了，這是宋媽和媽媽在說話。我想叫媽媽，但是嘴張不開，眼睛也睜不開，我的手，我的腳，我的身子，在什麼地方哪？我怎麼一動也不能動，也看不見自己一點點？

「這在俺們鄉下，就叫中了邪氣了。我剛又去前門關帝廟給燒了股香，您瞧，這包香灰，我帶回來了，回頭給她灌下去，好了您再上關帝廟給燒香還個願去。」

媽媽還在哭，宋媽又說：

「可也真怪事，她怎麼一拐能拐了倆孩子走？咱們要是晚回來一步，英子就追上去了，唉！越想越怕人，乖乖巧巧的妞兒！唉！那火車，倆人一塊兒，唉！我就說妞兒長得俊倒是俊，就是有點薄相……」

「別說了，宋媽，我聽一回，心驚一回。妞兒的衣服呢？」

「雞籠子上扔的那兩件嗎？我給燒了。」

「在哪兒燒的？」

「我就在鐵道旁邊燒的。唉！挺俊的小姑娘！唉！」

「唉！」

兩個人唉聲嘆氣的，停了一會兒沒說話。

等再聽見茶匙攪着茶杯在響，宋媽又說話了：

「這就灌吧？」

「停一會兒，現在睡得挺好，等她翻身動彈時再說。——家裏都收拾好了？"媽問。

"收拾好了，新房子真大，電燈今天也裝好了，這回可方便嘍！"

"搬了家比什麼都強。"

"我說您都不聽嘛！我說惠安館房高牆高，咱們得在門口掛一個八卦鏡照着它，你們都不信。"

"好了，不必談了，反正現在已經離開那倒霉的地方就是了。等英子好了，什麼也別跟她說，回到家，換了新地方，讓她把過去的事兒全忘了才好，她要問什麼，都裝不知道，聽見了沒有？宋媽。"

"這您不用囑咐，我也知道。"

他們說的是什麼，我全不明白，我在想，這是怎麼回事兒？有什麼事情不對了嗎？我想着想着覺得自己在漸漸地升高，升高，我是躺在這裏，高、高、高，鼻子要碰到屋頂了，"呀！"我混身跳了一下，又從上面掉下來，一驚疑就睜開了眼睛，只聽宋媽說：

"好了，醒了！"

媽媽的眼睛又紅又腫，宋媽也含着眼淚。但是我仍說不出話，不知怎麼樣才可以張開嘴。這時媽媽把我摟抱起來，捏住我的鼻子，我一張嘴，一匙水就一下給我灌了下去，我來不及反抗，就嚥下了，然後我才喊：

"我不吃藥！"

宋媽對媽說：

"我說靈不是？我說關帝老爺靈驗不是？喝下去立刻會說話。"

媽給我抹去嘴邊的水，又把我弄躺下來。我這時才奇怪起來，看看白色的屋頂，白色的牆壁，白色的門窗和桌椅，這是什麼地方？我記得我是在一個？……我問媽媽說：

"媽，外面在下雨嗎？"

"哪兒來的雨，是個大太陽天呀！"媽說。

我還是楞楞地想，我要想出一件事情來。

這時宋媽挨到我身邊來，她很小心地問我：

門簪：康寧（篆書）。 對門框來講，門簪是有結構作用的裝飾物。門簪朝外一面，做成圓形、方形、曲線多邊形等斷面，加木雕。木雕題材有花卉、吉祥文字、漢瓦當壽字圖案等。（攝於南長街大宴樂胡同〔西大街三條併入〕7 號）

"認得我嗎？英子！"

我點點頭："宋媽。"

宋媽對媽笑笑。媽又說：

"你發燒病了十天了，爸爸和媽媽把你送到醫院來住，等你好了，我們就回到新的家去，新的家還裝了電燈呢！"

"新的家？"我很奇怪地問。

"新的家，是呀！我們的新家在新廉子胡同，記着，老師考你的時候，問你家住在哪兒？你就說，新——廉——子胡同。"

"那麼……"有些事情我實在想不起來了，所以要說什麼，也不能接下去，我就閉上眼睛。媽說：

"再睡會兒也好，你剛好還覺得累，是不是？"媽媽說着就摩撫我的嘴巴，我的眼皮，我的頭髮，忽然一個東西一下碰了我的頭，疼了一下，我睜開眼看，是媽媽手上套的那隻——那隻金鐲子！我不由得驚喊了一聲："鐲子！"媽沒說什麼，把金鐲子又推到手腕上去。我的眼睛直望着媽媽的金鐲子，心想着，這隻金鐲子不是——不就是我給一個人的那隻嗎？那個人叫什麼來着？我糊塗了，但不敢問，因為我現在不能把那件事記得很清楚。我怎麼就生病，就住到這醫院裏來了呢？我是一點兒也不清楚。

媽媽拍拍我說：

"別發呆了，看你發燒睡大覺的時候，多少人給你送吃的、玩的東西來！"

媽媽從牀頭的小桌上拿起來一個很好看的匣子，放在枕邊，一邊打開來，一邊說：

"匣子是劉婆婆給你買的，留着裝東西用，裏面，喏，你看，這珠鏈子是張家三姨送你的。喏，這隻自動鉛筆是叔叔給你的。你自己玩吧！"她便轉頭跟宋媽說話去了。

我隨着媽媽的說明，一件件從匣裏拿出來看，我再摸出來的是一隻手錶，上面鑲了幾顆鑽，啊！這是我自己的束西！但是——我手舉着錶，一動也不動的看着，想着，它怎麼會在這隻匣子裏？它不是也被我送給人了嗎？

"媽！"我不禁叫了一聲，想問問。媽回過頭看見，連忙接過錶去，笑着說道：

"看，這隻錶我給你修理好了，你聽！"

媽把錶挨近我的耳朵，果然發出小小滴答滴答的聲音。然而這時我想起了一些事情，我想起了一個人，又一個人。她們的影子，在我眼前晃。

壁影。 （攝於獅子胡同）

“媽！”我再叫一聲還想問問。

媽媽慌忙地又從匣子拿出別的玩意兒來哄我：

“喏，再看這個，是……”

我忽然想起好些事情來了，我跟一個人，還有一個人的事情，但是媽媽為什麼那樣慌慌忙忙的不許人問？現在我是多麼的思念她們兩個啊！我心裏太難受，真想哭，我忽然翻身伏在枕頭上，就忍不住大聲地哭起來。我哭着，嘴裏喊：“爸爸！爸爸！”

媽媽和宋媽趕着來哄我，媽媽說：

“英子想爸爸了，爸爸知道多高興，他下班就會來看你！”

宋媽說：

“孩子委屈嘍，孩子這回受大委屈嘍！”

媽媽把我抱起來摟着我，宋媽拍着我，她們全不懂得我！我是在想那兩個人啊！我做了什麼不對的事嗎？我很怕！爸爸，爸爸，你是男人，你應當幫助我啊！我是為了這個才叫爸爸的。

我哭了一陣子很累了，閉上眼睛偎在媽媽的懷裏。媽媽輕輕搖着我，低

門聯：卜居積水，世守研田。　卜——選擇；水——上善若水；研——同硯。有板橋頭條、二條、三條，又北有大銅井、小銅井，以達於德勝門城根。（攝於板橋二條）

胡同千百，各有風韻。只要想看，並看得出來，那的確是一種享受。　"自鮑家街以北曰前百戶廟，曰後百戶廟，曰狗尾巴胡同，其南北小胡同曰取燈胡同，曰筆管胡同，又北曰西鐵匠胡同。"（攝於西鐵匠胡同）

聲唱她的老家的歌：

"天烏烏，要落雨，老公仔舉鋤頭巡水路，巡着鯽仔魚要娶某，龜舉燈，鱉打鼓……"她又唱：

"ㄏㄧ　ㄏㄨ　ㄟ，飼閹雞，閹雞飼大隻，煮給英子吃，英子吃不夠，去後尾門仔瞇瞇哭！"那輕輕的搖動使我舒服多了，聽到這兒，我不由得睜開眼笑了。媽媽很高興地親着我的臉說：

"笑了，笑了，英子笑了。宋媽已經把家裏的油雞殺了給你煮湯喝呢！"

宋媽從桌底下拿出一隻小鍋，打開來還冒着熱氣，她盛了一碗黃黃的湯還有幾塊肉，遞到我面前，要我喝下去。我別過臉去不要看，不要吃。碗裏是西廂房的小油雞嗎？我曾經摸着它們的黃黃軟軟的羽毛，曾經捉來綠色的吊死鬼餵它們，曾經有一個長長睫毛大眼睛裏的淚滴落在它們的身上……我不說什麼，把頭鑽進媽媽的胸懷裏。媽媽說：

"她不想吃，再說吧，剛醒過來，是還沒有胃口。"

我在醫院住了十幾天，剛可以起牀伏在樓窗口向下面看望，爸爸就僱來一輛馬車，把我接回家。

馬車是敞篷的，一邊是爸，一邊是媽，我坐在中間，好神氣。前面坐了兩個趕馬車的人，爸爸催他們快一點，皮鞭子抽在馬身上，馬蹄子得得得得，得得得得，一路跑下去。馬車所經過的路，我全都不認識。這條大街長又長，好像前面沒盡沒了。

我覺得很新鮮，轉身臉向着車後，跪在座位上，向街上呆呆地看。兩邊的樹一棵一棵地落在車後面，是車在走呢？是樹在走呢？

我仰起頭來，望見了青藍的天空，上面浮着一塊白雲彩，不，一條船。我記得她說："那條船，慢慢兒地往天邊上挪動，我彷彿上了船，心是飄的。"她現在在船上嗎？往天邊兒上去了嗎？

一陣小風吹散開我的前劉海，經過一棵樹，忽然聞見了一陣香氣，我回頭看媽媽，心裏想問："媽，這是桂花香嗎？"我沒說出口，但是媽媽竟也嗅了嗅鼻子對爸爸說：

廊柱下對坐的悄悄話。　"我沒有再答話，不由得再想——西廂房的小油雞，井窩子邊悶過來的小紅襖，笑時的淚坑，廊檐下的缸蓋，跨院裏的小屋，炕桌上的金魚缸，牆上的胖娃娃，雨水中的奔跑，……一切都算過去了嗎？我將來會忘記嗎？"——林海音《城南舊事》(攝於北新華街)

"這叫做馬纓花,清香清香的!"她看我在看她,就又對我說:"小英子,還是坐下來吧,你這樣跪着腿會疼,臉向後風也大。"

我重新坐正,只好看趕馬車的人狠心地抽打他的馬。皮鞭子下去,那馬身上會起一條條的青色的傷痕嗎?像我在西廂房裏,撩起一個人的袖子,看見她胳膊上的那樣的傷痕嗎?早晨的太陽,照到西廂房裏,照到她那不太乾淨的臉上,那又濕又長的睫毛一閃動,眼淚就流過淚坑淌到嘴邊了!我不要看那趕車人的皮鞭子!我閉上眼,用手蒙住了臉,只聽那得得的馬蹄聲。

太陽照在我身上,熱得很,我快要睡着了,爸爸忽然用手指逗逗我的下巴說:

"那麼愛說話的英子,怎麼現在變得一句話都沒有了呢?告訴爸,你在想什麼呢?"

這句話很傷了我的心嗎?怎麼一聽爸說,我的眼皮就眨了兩下;碰着我蒙在臉上的手掌,濕了,我更不敢放開我的手。

媽媽這時一定在對爸爸使眼色吧?因為她說:

"我們小英子在想她將來的事呢!……"

"什麼是將來的事?"從上了馬車到現在,我這才說第一句話。

"將來的事就是英子要有新的家呀,新的朋友呀,新的學校呀,……"

"從前的呢?"

"從前的事都過去了,沒有意思了,英子都會慢慢忘記的。"

我沒有再答話,不由得再想——西廂房的小油雞,井窩子邊閃過來的小紅襖,笑時的淚坑,廊簷下的缸蓋,跨院裏的小屋,炕桌上的金魚缸,牆上的胖娃娃,雨水中的奔跑,……一切都算過去了嗎?我將來會忘記嗎?

"到了!到了!英子,新簾子胡同到了,新的家到了!快看!"

新的家?媽媽剛說這是"將來"的事,怎麼這麼快就到眼前了?

那麼我就要放開蒙在臉上的手了。

媽
媽
正是舀湯喝時碰到嘴唇的地方。……說的，新簾子胡同像一把湯匙，我們家就住在靠近湯匙的底兒上，

房影。 （攝於河泊廠南巷和東巷的拐口）

我們看海去

這是新簾子胡同的一個小院門，牆，還是磨磚對縫的。　　"媽媽說的，新簾子胡同像一把湯匙，我們家就住在靠近湯匙的底兒上，正是舀湯喝時碰到嘴唇的地方。"——林海音《城南舊事》（攝於東松樹胡同〔原新簾子胡同東段併入〕）

一

媽媽說的，新簾子胡同像一把湯匙，我們家就住在靠近湯匙的底兒上，正是舀湯喝時碰到嘴唇的地方。於是爸爸就教訓我，他繃着臉，瞪着眼說：

"講唔聽！喝湯不要出聲，嚦嚦嚦的，最不是女孩兒家相。舀湯時，湯匙也不要把碗碰得噹噹噹地響。……"

我小心小心地拿着湯匙，輕慢輕慢地探進湯碗裏，爸又發脾氣了：

"小人家要等大人先舀過了再舀，不能上一個菜，你就先下手，"他又轉過臉向媽媽："你平常對孩子全沒教習，也是不行的。……"

我心急得很，只想趕快吃了飯去到門口看方德成和劉平踢球玩，所以我就喝湯出了聲，舀湯碰了碗，菜來先下手。我已經吃飽了，只好還坐在飯桌旁，等着給爸爸盛第二碗飯。爸爸說，不能什麼都讓傭人做，他這麼大的人，在老家時，也還不是吃完了飯仍站在一旁，聽着爺爺的教訓。

我趁着給爸爸盛好飯，就溜開了飯桌，走向靠着窗前的書桌去，只聽媽媽悄悄對爸爸說：

"也別把她管得這麼嚴吧，孩子才多大？去年惠安館的瘋子把她嚇得那麼一大場病，到現在還有膽小的毛病，聽見你大聲罵她，她就一聲不言語，她原來不是這樣的孩子呀！現在搬到這裏來，換了一個地方，忘記以前的事，又上學了，好容易臉上長胖些……"

媽媽啊！你為什麼又提起那件奇怪的事呢？你們又常常說，哪個是瘋子，哪個是傻子；哪個是騙子，哪個是賊子，我分也分不清。就像我現在，抬頭看見窗外藍色的天空上，飄動着白色的雲朵，就要想到國文書上第二十六課的那篇"我們看海去"：

我們看海去！

我們看海去！

藍色的大海上，

揚着白色的帆。

金紅的太陽，

從海上升起來，

照到海面照到船頭。

我們看海去！

我們看海去！

我就分不清天空和大海。金紅的太陽，是從藍色的大海升上來的呢？還是從藍色的天空升上來的呢？但是我很喜歡唸這課書，我一遍一遍地唸，好像躺在牀上，又像睡在雲上。我現在已經能夠背下來了，媽媽常對爸爸、對宋媽誇我用功，書唸得好。我喜歡唸的，當然就唸得好，像上學期的"人手足刀尺狗牛羊一身二手……"那幾課，我希望趕快忘掉它們！

門框柱上的鞋撣子。 "上面掛了一把鞋撣子,爸爸臨出門和回家來,都先撣一撣鞋。他教我也要這樣做,但是我覺得我鞋上的土,還是用踩腳的法子,踩得更乾淨些。"——林海音《城南舊事》。照片,是六年前拍的,但是只感覺到了那撣子和人有關係,但絕沒想到他們會那麼親近,有那麼多他們可以彼此講述的故事。(攝於西城豐盛友愛巷)

　　爸爸去睡午覺了,一家人都不許吵他,家裏一點兒聲音都沒有,但是我聽到街牆傳來"嘭!嘭!"的聲音,那準是方德成他們的皮球踢到牆上了。我在想,出去怎樣跟他們說話,跟他們一起玩呢?在學校,我們女生是不跟男生說話的,理也不理他們,專門瞪他們,但是我現在很想踢球。

　　好媽媽,她過來了:

　　"出去跟那兩個野孩子說,不要在咱們家門口踢球,你爸爸睡覺呢!"

　　有了這句話就好了,我飛快地向外跑,辮子又鈎在門框的釘子上了,拔起我的頭髮根,痛死啦!這隻釘子為什麼不取掉?對了,是爸爸釘的,上面掛了一把鞋撣子,爸爸臨出門和回家來,都先撣一撣鞋。他教我也要這樣做,但是我覺得我鞋上的土,還是用踩腳的法子,踩得更乾淨些。

　　宋媽在門道餵妹妹吃粥,她頭上的簪子插着薄荷葉,太陽穴貼着小紅蘿蔔皮，因為她在鬧頭痛的毛病。開街門的時候，宋媽問我：

"又哪兒瘋去？"

"媽叫我出去的。"我理由充足地回答她。

門外一塊圓場地，全被太陽照着，就像盛得滿滿的一匙湯。我了不起地站到方德成的面前說：

"不許往我們家牆上踢球，我爸爸睡覺呢！"

方德成從地上撿起皮球，傻乎乎地看着我。

在我們家的斜對面，是一所空房子，裏面沒有人家住，只有一個看房的聾子老頭兒，也還常常倒鎖了街門到他的女兒家去住。宋媽不知道從哪兒聽來的，說這所房子總租不出去，是因為鬧鬼。媽媽聽了就跟爸爸說："北京城怎麼這麼多鬧鬼的房子？"

"磨剪子嘞，鏹菜刀。" （攝於牛街五條）

在鬧鬼房子和另一所房子的中間，有一塊像一間房子那麼大的空地，長滿了草，前面也有看來我都能邁過去的矮破磚牆，裏面的草長得比牆高。這塊空地聽說原來是鬧鬼房子的馬號，早就塌了，沒有人修，就成了一塊空草地。

我看着那片密密高高的草地，它旁邊正接着一段鬧鬼房子的牆，我對傻方德成他們説：

"不會上那邊踢去，那房裏沒住人。"

他們倆一聽，轉身就往對面跑去。球兒一腳一腳地踢到牆上又打回來，是多麼的快活。

這是條死胡同，做買賣的從湯匙的把兒進來，繞着湯匙底兒走一圈，就還得從原路出去。這時剃頭挑子過來了，那兩片鐵夾子"喚頭"彈得嗡嗡地響，也沒人出來剃頭。打糖鑼的也來了，他的挑子上有酸棗麵兒，有印花人兒，有山楂片，還有珠串子，都是我喜歡的，但是媽媽不給錢，又有什麼辦法！打糖鑼的老頭子看我站在他挑子前，就輕輕地對我説：

"去，去，回家要錢去！"

教人要錢，這老頭子真壞！我心裏想着，就走開了。我不由得走向對面去，站在空草地的破磚牆前面，看方德成和劉平他們倆會不會叫我也參加踢球。球滾到我腳邊來了，我趕快撿起來扔給他們。又滾到更遠一點兒的牆邊去了，我也跑過去替他們撿起來。這一次劉平一腳把球踢得老高老高的，他自己還誇嘴説："瞧老子踢得多棒！"但是這回球從高處落到那片高草地裏去了。

"英子，你不是愛撿球嗎？現在去給我們撿吧！"劉平一頭汗地説。

有什麼不可以？我立刻就轉身邁進破磚牆，腳踏在比我還高的草堆裏。我用兩手撥開草才想起，球掉到哪兒了呢？怎麼能一下就找到？不由得回頭看他們；他們倆已經跑到打糖鑼的挑子前，仰着脖子在喝那三大枚一瓶的玉泉山汽水。

我探身向草堆走了兩步，劉平在喊我："留神腳底下狗屎，林英子！"

我聽了嚇得立刻停住了，向腳底下看看，還好，什麼都沒有。我撥開左面的草，右面的草，都找不到球。再向裏走，快到最裏面的牆角了，我腳下碰着

一個東西，撿起來看，是把鉗子，沒有用，我把它往面前一丟，噹的一聲響了，我趕快又撥開前面的草，這才發現，鉗子是落在一個銅盤子上面，盤上是反扣著的。真奇怪！我不由得蹲下來，掀開銅盤子，底下竟是疊得整整齊齊的一條很漂亮帶穗子的桌毯，和一件很講究的綢衣服，我趕緊用銅盤子又蓋住，心突突地跳，慌得很，好像我做了什麼不對的事被人發現了，抬頭看看，並沒有人影，草被風吹得向前倒，打著我的頭，我只看見草上面遠遠的那塊藍色的海，不，藍色的天。

我站起身來往出口的路走，心在想，要不要告訴劉平他們？我走出來，只見他們倆已經又在地上彈玻璃球了，打糖鑼的老頭子也走了。劉平頭也沒抬地問我：

"找着沒有？"

（左）**請神**。　有人將木雕版置於几案，又印個樣兒來，無非是財神一類的吉祥圖語，讓逛廟會的自印自娛，歡歡喜喜地買（或說請）回家。（攝於地壇廟會）

（右）"**磨刀的人的全部傢伙**。"　　（攝於小楊家〔小羊圈〕胡同）

"沒有。"

"找不着算了，那裏頭也太髒，狗也進去拉屎，人也進去撒尿。"

我離開他們回家去。宋媽正在院子裏收衣服，她看見我皺起眉頭（小紅蘿蔔皮立刻從太陽穴掉下來了！）說：

"瞧裏的這身這臉的土！就跟那兩個野小子踢球踢成這模樣兒？"

"我沒有踢球！"我的確沒有踢球。

"騙誰！"宋媽撇嘴說着，又提起我的辮子。"你媽梳頭是有名的手緊，瞧！還能讓你玩散了呢！你說你夠多淘！頭繩兒哪？"

"是剛才那門上的釘子鈎掉的。"我指着屋門那隻掛撣子的釘子爭辯說。這時我低頭看見我的鞋上也全是土，於是我在磚地上用力地跺上幾跺，土落下去不少。一抬頭，看見媽媽隔着玻璃窗在屋裏指點着我，我歪着頭，皺起鼻子，向媽媽瞇瞇地笑了笑。她看見我這樣笑，會什麼都原諒我的。

二

第二天，第三天，好幾天過去了，方德成他們不再提起那個球，但是我可惦記着，我惦記的不是那個球，是那塊草地，草地裏的那堆東西。我真想告訴媽或者宋媽，但是話到嘴邊又收回去了。

今天我的功課很快地就做完了，兩位的加法真難算，又要進位，又要加點，我只有十個手指頭，加得忙不過來。算術算得太苦了，我就要背一遍"我們看海去"，我想，躺在那海中的白帆船上，會被太陽照得睜不開眼，船兒在水上搖呀搖的，我一定會睡着了。"我們看海去，我們看海去"，我收拾鉛筆

（上） **瓷器古玩攤。** （攝於宣武白雲觀廟會）

（左） **賣空竹的。** 　　兒時，正月春節，姐姐帶去逛廠甸買空竹。也許正因為是孩子，一迷上，很快就學會了"抖"，在院的"土"地上竟能把空竹抖得嗡嗡振響，那響兒一會兒緊，一會兒慢，一會兒高，一會兒低，自己感着絕不亞於聽歌聽戲。後來，又學會了"猴爬竿"，就是把旋轉的空竹掂到竹竿上，發出嘩嘩的滾動聲，一會兒又掂回到抖動的繩上。再後來，抖着抖着，竟將空竹扔到半空，又接住，接着抖，甚而來個"轉身塔"——自己轉個360度的身，再接住那飛落的空竹，博得小夥伴們的喝彩。（攝於白雲觀廟會）

盒的時候，這樣唸着；我把書包掛在牀欄上，這樣唸着；我跳出了屋門坎兒，這樣唸着。

　　爸和媽正在院子裏，媽媽抱着小妹妹，爸爸在剪花草，他說夾竹桃葉子太多了，花就開得少，該去掉一些葉子。他又用細繩兒把枝子綑紮一下，那幾棵夾竹桃，就不那麼散散落落的了。他又給牆邊的喇叭花牽上一條條的細繩子，釘在圍牆高處，早晨的太陽照在這堵牆上，喇叭花紅紫黃藍的全開開了，但現在不是早晨，幾朵喇叭花已經萎了。

　　媽媽對爸爸說：

　　"帶把鎖回來吧，賊鬧得厲害，連新華街大街上還鬧賊呢！"

爸爸在專心剪裁花草，鼻孔一張一張的，他漫不經心地說："新華街，離這裏還遠呢！"抬頭看見我又說："是不是？英子！"

我點點頭，那空草地在我眼前閃了一下。

小妹妹這時從媽媽的身上掙脫下來，她剛會走路，就喜歡我領她。我用跳舞的步子帶着她走，小妹妹高興死啦！咯咯地笑，我嘴裏又唸着"我們看海去"，唸一句，跳一步舞，這樣跳到門口。宋媽剛吃過飯，用她那銀耳挖子在剔牙，每剔一下，就嘖嘖地吸着氣，要剔好大的工夫，彷彿她的牙很重要！小妹妹抱住她的腿，她把耳挖子在身上抹了抹，插到她的鬢兒上去。

宋媽抱起小妹妹走出街門了，她對妹妹說：

"俺們逛街去嘍！俺們逛街街去嘍！"宋媽逛大街的癮頭很大，回來後就有許多新鮮事兒告訴媽媽；神妖賊怪，騾馬驢牛。

宋媽走遠了，小妹妹還在向我招手，天還沒有黑，但是太陽不見了，只有對面空房子的牆角上，還有一絲絲光。再看過去，旁邊的空草地上，也還有一片太陽閃着亮，草被風吹得輕輕地動，我看楞了，不由得向它走過去。我家隔壁的門前，停了一個收買破爛貨的挑子，卻不見人，大概是到誰家收買破爛兒去了吧！這時門前的空地上，一個人也沒有。

我走向空草地，一邊邁過破牆，一邊心想，如果被宋媽或者什麼人看見我到這裏來的話，我就說，我要找那個皮球的，本來嘛！

我沒有專心找球，但也希望能看到它，我的腳步是走向那個神秘的牆角。我憋住氣，撥動着高草，輕輕地向前探着腳步，我是怕又踩到什麼東西。

那些東西，能夠還在這地方嗎？我那天怎麼不敢多看一看，立刻就返身退出來呢？現在這些東西如果還在這地方的話，我又怎麼辦呢？當然沒有辦法，我只是想看一看，因為我喜歡奇怪的事。

但是當我撥開那一叢草的時候，使我倒抽了一口氣，驚奇地喊了一聲：

"哦！"

有一個人蹲在草地上！他也驚嚇地回過頭來"哦"了一聲。瞪着眼望了我一陣，隨後他笑了：

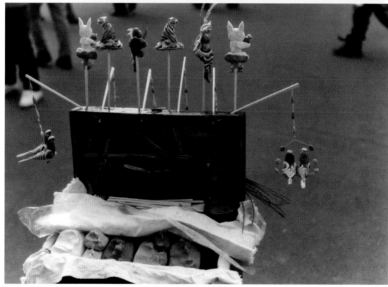

（上）**賣風車的貨攤。**　廟會上的風車，大多由近郊農民紮製。以高粱稈紮成框架，用東昌紙條染成紅黃綠鮮艷的色彩，粘成風輪。鼓框由膠泥做，銅錢大小，兩層麻紙裱成鼓皮。然後以最原始的連動裝置組合一起，只要風輪一動，便帶動麻繩絞住的小棍擊鼓作響。倘風輪在風中不停地旋轉，小鼓就不斷咚咚作響。風小，您就稍用力擺動一下風車，照樣響。京城春節，哪能少了這道風景呢。（攝於白雲觀廟會）

（下）**麵塑。**　俗稱捏麵人，可能是受戰國俑和漢代木偶的啟發而產生的民間工藝。北京街頭，尤其是各寺觀的廟會，常有捏麵人的，以蒸熟後著色的麵團，當場捏塑各種戲劇人物及飛禽走獸等，神形畢肖。以前，麵人郎、麵人湯、麵人曹最為市井推重。（攝於白雲觀廟會）

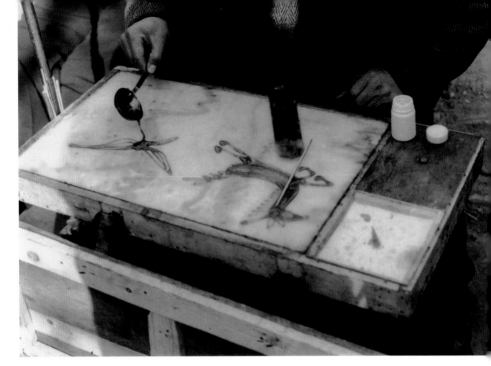

糖。　手藝人將糖稀稀慢慢傾滴石板的同時，勾勒出或龍或鳳、或魚或鳥的圖形，然後以葦棍附上、凝住、撬下，供小孩邊玩邊吃。（攝於白雲觀廟會）

"小姑娘，你也上這兒來幹嗎？"

"我呀，"我竟答不出話來，楞了一下，終於想出來了："我來找球。"

"球？是不是這個？"他說着，從身後的一堆東西裏拿出一個皮球，果然是劉平他們丟的那個。我點點頭，接過球來便轉身退出去，但是他把我叫住了：

"嗯——小姑娘，你停停，咱們談談。"

他是穿着一身短打褲褂，禿着頭，濃濃的眉毛，他的厚嘴唇使我想起了會看相的李伯伯說過的話："嘴唇厚厚敦敦的，是個老實人相。"我本來有點怕，想起這句話就好多了。他說話的聲音彷彿有點發抖，人也不肯站起來，但是我知道他身後有一堆東西，不知道是不是那天的銅茶盤什麼的。他說：

"小姑娘，你幾歲啦？唸書了沒有？"

"七歲，在廠甸附小一年級。"常常有人問我同樣的話，所以我能一下就回答出來。

"喝！那是好學堂。誰接你送你上學呀？"

賣布老虎的。　一百一百，一羣一羣，攤擺着，堆摞着，布老虎沒有兇猛之相，盡是勃勃的生氣和可愛。（攝於地壇春節廟會）

"我自己。"回答了以後，想起爸爸，所以我又說："爸爸說，小孩子要早早養成自立的本事，現在，你知道不知道，新華街城牆打通了，叫做興華門，我就不用繞順治門啦！"

"小姑娘會說話，家教好，"他不住地點頭："你爸爸說得對，小孩子要早早地就學着自個兒，嗯——自個兒那什麼的本事，唉——！"他忽然低頭長長地嘆一口氣，又抬頭望着我，笑笑問我："你猜我是來幹嗎？"

"你呀——我猜不出，"我搖搖頭，但又忽然想起來了："你是不是來這裏拉屎？"

"拉屎？"他睜大了眼睛。"對啦，對啦，我是來出恭的啦！"

"不講衛生。"

"我們這路人，沒有衛生。"

我又低頭斜着眼望了一下他的背後，他好像在想什麼，楞了一會兒，從短褂口袋裏掏出了一把玻璃球，都是又圓又亮的汽水球：

"哪，這些個給你。"

　　“我不要！”這種事一點兒也不能壞我的心眼兒。爸爸說過，不許隨便拿人家的東西。

　　“是我給你的呀！”他還是要塞到我手裏，但是我的手掌努力張開着，並不拳起來，球沒法落在我手裏，就都掉在草地上了。我又說：

　　“人家給的也不能隨便要。”

　　“這孩子！”他也很沒有辦法的樣子，隨後他又問我：“你們家知道你上這兒來嗎？”

　　我搖搖頭。

　　“你回去了，要告訴你們家裏的人看見我了嗎？”

　　我還是搖頭。

　　“那好，可千萬別跟人說看見我了呀！我也是好人。”

　　誰又說他是壞人了呢？他的樣子好奇怪！我猜他不是來拉屎的，那堆東西，跟他有關係。

　　“回去吧！快黑了！”他指指天，烏鴉飛過去了。

“那你呢？”我問他。

“我也走呀，你先走。”他撢撢身上落下的碎草，好像要站起來，接着又說：“可別說出去呀，小姑娘，你還小，不懂得事，等趕明兒，我跟你慢慢地談，故事多着呢！”

“講故事？”

“是呀！我常常來，我看你這小姑娘是好心腸，咱們交個道義朋友，我跟你講我弟弟的故事兒呀，我的故事兒呀。”

“什麼時候？”說到講故事，我最喜歡。

“遇見了，咱們就聊聊，我一個人兒，也悶得慌。”

(左)**賣冰糖葫蘆的，現熬糖，現蘸，現賣。** 旁邊立着個蒲草捆，用來插做好的糖葫蘆。逛廟會的，想吃啥品種的，自己挑，自己拔出。糖葫蘆大多是山裏紅做的，還有什麼沙果的、山藥的、黑棗的、橘子瓣的。這，已經是九十年代的賣法了。（攝於白雲觀廟會）

(右)**栗子攤。** 舊時，當秋風乍起，北京街頭就有糖炒栗子上市了。果子鋪門口支着大鐵鍋，滿是黃得發亮的栗子和黑色的砂粒，店夥計一邊揮動平鏟，炒着、攪着，一邊吆喝“現出鍋的！”固安縣在京南，出產最好的栗子，又甜又糯。栗子的吃法甚多，除炒栗，還可做菜，出名的是栗子煨雞。今見盛栗子的荊條大笸籮，粗牛皮紙口袋，形狀特別的籤鏟，我知道這內中還保有幾絲古風。（攝於護國寺街與護倉胡同的拐口）

　　他說的話，我不太懂，但是我覺得這樣一個大朋友，可以交一交，我不知道他是好人，還是壞人，我分不清這些，就像我分不清海跟天一樣，但是他的嘴唇是厚厚敦敦的。

　　我轉身向外撥動高草，又回過頭來問他：

　　"明天你要來嗎？"

　　"明天？不一定。"

　　他正拿一個包袱攤開來包些東西，草下面很暗了，看不清，但是可以聽見"噹噹"的聲音，準是那個銅盤子碰着掉在地上的汽水球了。那些是他的東西嗎？

　　我走出了破磚牆，眼前這塊地方還是沒有人，但遠遠的我看見宋媽領着小

一品玉帶糕。　　賣主還當場巧用刀功，切成極薄的片片。買主既品嚐了酥鬆香甜，又欣賞了手藝，美死了。（攝於白雲觀廟會）

妹妹回來了，我趕快向家裏跑，路過隔壁的人家，看見那收破爛的挑子還擺在那裏。

我和宋媽同時到了家門口，便牽了小妹妹的手一路走進家門，這時院子裏的電燈亮了，電燈旁邊的牆上爬着好幾條蠍虎子，電燈上也飛繞着許多小蟲兒。茶几已經擺在花池子旁邊了，上面準是一壺香片茶，一包粉包煙，爸爸要在籐椅上躺好久好久，跟媽媽談這談那，李伯伯也許會來。

我把皮球放在茶几上，隨手便把粉包煙拿起來打開，抽出裏面的洋畫兒，爸爸笑笑問我：

"封神榜的洋畫兒存全了沒有？"

"哪裏會！那張姜子牙永遠不會有。三隻眼的楊戩我倒有三張啦！"

爸爸摸摸我的頭笑着對媽媽說：

"這孩子，也知道什麼姜子牙啦，楊戩啦！"

我也不知道是怎麼個心氣兒，忽然問爸爸：

"爸，什麼叫做賊！"

"賊？"爸奇怪地望着我："偷人東西的就叫賊。"

"賊是什麼樣子？"

"人的樣子呀！一個鼻子倆眼睛。"媽回答着，她也奇怪地望着我：

"怎麼問起這個來了？"

"隨便問問！"

我說着拿了小板凳來放在媽媽的腳下，還沒坐下來呢，李伯伯就進來了，於是媽媽就趕我：

"去，屋裏跟小妹妹玩去，不要在這裏打岔。"

三

我洗臉的時候，把皮球也放在臉盆裏用胰子洗了一遍，皮球是雪白的了，盆裏的水可黑了。我把皮球收進書包裏，這時宋媽走進來換洗臉水，她"喲"了一聲，指着臉盆說：

房蔭下的老籐椅。　"爸爸要在籐椅子上躺好久好久，跟媽媽談談這談那……"　——林海音《城南舊事》。我並不計較那是躺的籐椅還是坐的籐椅，我看中的是，在籐椅上看書，抽煙，靜想，曬太陽，或是與相知談天說地，有兒女圍繞膝下，和妻子嘮嘮家常，更或是撒一些穀粒，有雀鴿在地上蹦蹦跳跳啄食……。在學問中，平凡中，情感中，閒散中，我們發現了自己，並將閒散化作了自由與哲學的代名詞。(攝於盛芳胡同〔原什坊院，小井胡同併入〕)

"這是你的臉？多乾淨呀！"

"比你的臭小腳乾淨！"我說完噗哧笑了。我也不知為什麼想到宋媽的腳，大概是因為她的腳裹得太嚴緊了。媽媽說過，那裏面是臭的。

宋媽也笑了，她說：

"你嘴厲害不是？咬不動燒餅可別哭呀！"

咬不動燒餅，實在是我每天早晨吃早點的一件痛苦的事。我的大牙都被蟲蛀了，前面的又掉了兩個，新的還沒長出來，所以我就沒法把燒餅麻花痛痛快快地吃下去。為了慢慢地吃早點，我遲到了；為了吃時碰到蟲牙我疼得哭了。那麼我就寧可什麼也不吃，餓着肚子上學去。

我把書包掛在肩膀上，自己上學去。出了新簾子胡同照直向城門走去，興華門雖然打通了，但是還沒有做好，城門裏外堆了一層層的磚土，車子不通行，只有人可以走過。早晨的太陽照在土坡上，我走上土坡，太陽就照滿我的全身，我雖然沒吃早點，但很舒服，就在土坡上站了一會兒，看着來來往往的行人。手扶着書包正碰着鼓起來的皮球，不由得想到了空草地裏的情景，那個厚厚嘴唇的男人，他到底是幹嗎的？

我呆想了一會兒，便走下坡來，出了興華門，馬上就到學校了。

五年級的童子軍把着校門，他們的樣子多兇啊！但是多讓人羨慕啊！我幾時能當上童子軍呢？

"書包裏是什麼？"童子軍指着我的書包問。

我嚇了一跳。

"是皮球，還給劉平的。"我說話都有點哆嗦了，我真怕他們。

童子軍對我很好，他沒有檢查，手一揮，放我進去了。我可看見他從別的同學的褲袋裏查出蠶豆來，查出山楂糖來，全給沒收了。不許帶吃的。

進了教室，我掏出皮球來給劉平，他楞着，大概忘了，我說：

"是你們那天丟的皮球呀！"

他這才想起來，很高興地接過去，也不說聲謝謝。

有一些同學們在吵吵鬧鬧，他們說，歡送畢業同學全校要開個遊藝會，在大禮堂，每一班都要擔任遊藝會的一項表演節目，吵的就是我們這班會表演什麼呢？我真奇怪，他們的消息從哪兒得來的？我怎麼就不知道這些事情。

上課的時候，老師果然告訴我們，一、二年級的同學不會表演整齣的話劇什麼的，只好唱唱歌，跳跳舞。教跳舞唱歌的韓老師，要從一、二、三年級的同學裏，挑出幾個人來，合着演唱"麻雀與小孩"。啊！那是多麼好聽好看的一齣歌舞啊！老師會選誰呢？會選我嗎？我心跳了，因為我喜歡韓老師！她是我們附小韓主任的女兒。她冬天穿着一件藕合色的旗袍，周身鑲了白兔皮的邊，在大禮堂裏教我們跳舞，拉圈兒的時候，她剛好拉着我的手。她的手又熱又軟，我是多麼喜歡她，她喜歡我嗎？……

"……還有林英子，當小麻雀。"

（上）**塵封的竹車和木椅。** 適應了院門過道兒的幽暗，才看清上面懸掛的老物件。竹車，那是哺養嬰孩的；木椅，那是長輩們端坐讀書的。現在，它們被塵封了，塵封了的又豈止這兩個物件，它們是整整那個古城的文化時代，連同它們的沉寧、自由、緩慢、體貼、樸潔……，都將送入歷史的記憶倉庫。（攝於西舊簾子胡同）

（下）**家門。** "我從土坡上下來，邊走邊想，走到家門口，就在門墩兒上坐下來，楞楞地沒有伸手去拍門，因為我看見收買破爛貨的挑子又停在隔壁人家門口了。"——林海音《城南舊事》。這是家門口，門板居中的下角，包鑲上如意形的鐵板，釘上數百個大鐵釘，為的是保護門板，不易被碰壞；做成如意形，圖個吉祥，也是裝飾。脫落剝蝕的那些鐵板鐵釘，到哪裏去找呢？它們幾乎像粉末一樣消失在時光裏。（攝於宣武椿樹南柳巷 59 號）

啊！我還在做夢呢，什麼也沒聽見，什麼？真的是在叫我的名字嗎？

「林英子，從明天起，下了課要晚一點兒回家，每天都由韓老師教你們，到三甲的教室去，聽明白了沒有？記住，要告訴家裏一聲。」

我只覺得臉熱，真高興死了，同學們會多麼羨慕我啊！去跟三年級的大同學一起跳舞，雖然我當的是小小麻雀，只管飛來飛去，並不要唱什麼。

我覺得時間過得真慢，因為我要趕快回家告訴臭小腳宋媽，她一定會抱妹妹來看遊藝會，我才不要她來！下課的時候，同學都圍着我，問我跳舞那天穿什麼衣裳？害怕不害怕？女同學都跑過來摟着我，好像我是她們每一個人的好朋友。

好容易放學該回家吃午飯了，我加快了腳步，搶在同學的前面走出來。進了興華門，過了高高低低的土坡，再走一小段路，就到新簾子胡同了。胡同裏的第三家，是所大房子，平常大門關得嚴嚴的，今天卻難得的敞開了，門口圍着許多人，巡警也來了，不知道是什麼事。但是我下午還要上學，不能擠進人堆裏去看，趕快跑回家來。

宋媽正在氣喘呼呼地跟媽講什麼，媽驚奇地瞪着眼聽，又搖頭，又嘖嘖。

「這回可大發了，一共偷了三十件，八成是昨天天好拿出來曬衣服，讓賊給瞄上了。」

「從外面怎麼能看得見呢？不是黑大門的那家嗎？我路過也難得看見他們打開門，總是陰森森的。」

「今天大門一敞開，咱們才看見，真是天棚石榴金魚缸，院子可豁亮啦！」

「現在怎麼樣了呢？」

「巡警在那兒查呢！走，珠珠，咱們再看去，」宋媽領着小妹妹，回頭看見了我，「小英子，你去不去看熱鬧？」

「熱鬧？人家丟了那麼多東西，多着急呀，你還說是熱鬧呢！」我說完撇了她一嘴。

「好心沒好報！」宋媽終於又抱着妹妹走了。

我在飯桌上告訴媽媽，我參加表演「麻雀與小孩」的事，媽媽很高興，她説要給我縫一件最漂亮的跳舞衣。我説：

"縫好了就鎖在箱子裏，不要讓賊偷走啊！"

"不會啦，別説這喪話！"媽説。

我忍不住又問媽：

"媽，賊偷了東西，他放在哪兒呢？"

"把那些東西賣給專收賊贓的人。"

"收賊贓的人什麼樣兒？"

"人都是一個樣兒，誰腦門子上也沒刻着哪個是賊，哪個又不是。"

"所以我不明白！"我心裏正在納悶兒一件事。

"你不明白的事情多着呢！上學去吧，我的灑丫頭！"

媽的北京話説得這麼流利了，但是，我笑了：

"媽，是傻丫頭，傻，ㄕㄚ傻，不是ㄙㄚ灑。我的灑媽媽！"説完我趕快
跑走了。

四

因為放學後要練習跳舞，今天回來得晚一點兒。在興華門的土坡上，我還
是習慣地站了一會兒。城牆上面的那片天，是淡紅的顏色了，海在這時也會變
成紅色的嗎？我又默默地背起"我們看海去！我們看海去！……金紅的太陽，
從海上升起來，……"那麼現在不可以説是"金紅的太陽，從天上落下去"
嗎？對了，我將來要寫一本書，我要把天和海分清楚，我要把好人和壞人分清
楚，我要把瘋子和賊子分清楚，但是我現在卻是什麼也分不清。

我從土坡上下來，邊走邊想，走到家門口，就在門墩兒上坐下來，楞楞地
沒有伸手去拍門，因為我看見收買破爛貨的挑子又停在隔壁人家門口了。挑挑
子的人呢？我不由得舉起腳步走向空草地那邊去。這時門前的空地上，只見遠
遠的有一個男人蹲在大槐樹底下，他沒有注意我。我邁進破磚牆，撥開高草，
一步步向裏走。

還是那個老地方，我看見了他！

微弱的天光，講桌、排椅，一片神聖。　（攝於清華大學階梯教室）

"是你！"他也蹲在那裏，嘴裏咬着一根青草。他又向我身後張望了一下。招手叫我也蹲下來。我一蹲下來，書包就落在地上了。他小聲地說：

"放學啦？"

"嗯。"

"怎麼不回家？"

"我猜你在這裏。"

"你怎麼就能猜出來呢？"他斜起頭看我，我看他的臉，很眼熟。

"我呀！"我笑笑。我只是心裏覺得這樣，就來了，我並不真的會猜什麼事，"你該來了！"

"我該來了？你這話是什麼意思？"他驚奇地問。

"沒有什麼意思呀！"我也驚奇地回答："你還有什麼故事沒跟我講哪！不是嗎？"

聽。　庭院的那株棗樹，疙疙瘩瘩、曲曲彎彎，倒挺耐看的。這不，一清早，麻雀兒在棗樹上，飛來，又飛去，唧唧喳喳，彼此呼叫着，你竟一點不嫌它吵。它不來，還覺着空了什麼。是啊，有許多事物乍一看顯得微不足道，只要置於廣闊豐饒的心性情懷下，它就會變，變得比所有那些通常認為頂要緊的事物更為偉大，更為值得尊重和熱愛。(攝於西松樹胡同〔原松樹胡同西段。下窪子部分併入〕)

　　"對對對，咱們得講信用。"他點點頭笑了。他靠坐在牆角，身旁有一大包東西，用油布包着，他就倚着這大包袱，好像宋媽坐在她的炕頭上靠着被褥垛那樣。

　　"你要聽什麼故事兒？"

　　"你弟弟的，你的。"

　　"好，可是我先問你，我還不知道你叫什麼名兒呢！"

　　"英子。"

　　"英子，英子，"他輕輕地唸着，"名兒好聽。在學堂考第幾？"

　　"第十二名。"

　　"這麼聰明的學生才考十二名？應當考第一呀！準是貪玩兒分了你的心。"

我笑了，他怎麼知道我貪玩兒？我怎麼能夠不玩兒呢！

他又接着說：

"我就是小時候貪玩兒，書也沒唸成，後悔也來不及了。我兄弟，那可是個好學生，年年考第一，有志氣。他說，他長大畢了業，還要飄洋過海去唸書。我的天老爺，就憑我這沒出息的哥哥，什麼能耐也沒有，哪兒供得起呀！奔窩頭，我們娘兒仨，還常常吃了上頓沒下頓呢！唉！"他嘆了口氣，"走到這一步上，也是事非得已。小妹妹，明白我的話嗎？"

我似懂，又不懂，只是直着眼看他。他的眼角有一堆眼屎，眼睛紅紅的，好像昨天沒睡覺，又像哭過似的。

"我那瞎老娘是為了我沒出息哭瞎的，她現在就知道我把家當花光了，改邪歸正做小買賣，她不知道我別的。我那一心啃書本的弟弟，更拿我當個好哥哥。可不是，我供弟弟唸書，一心要供到讓他飄洋過海去唸書，我不是個好人嗎？小英子，你說我是好人？壞人？嗯？"

學舍。 嚴整莊穆的學舍坐落在草坡古樹的大自然中，也許校園的原義正在這裏。（攝於海淀燕京大學舊址）

好人，壞人，這是我最沒有辦法分清楚的事，怎麼他也來問我呢？我搖搖頭。

"不是好人？"他瞪起眼，指着他自己的鼻子。

我還是搖搖頭。

"不是壞人？"他笑了，眼淚從眼屎後面流出來。

"我不懂什麼好人，壞人，人太多了，很難分。"我抬頭看看天，忽然想起來了："你分得清海跟天嗎？我們有一課書，我唸給你聽。"

我就背起"我們看海去"那課書，我一句一句慢慢地念，他斜着頭仔細地聽。我唸一句，他點頭"嗯"一聲。唸完了我說：

(左)沒有門把兒的鎖。 雖然林海音、夏承楹兩先生在南長街獨特的老屋老門都被拆了，但他們對那老屋老門的記憶是決不會被拆掉的，而且，我還會拾盡殘片遙寄給他們，去加深並擴展他們的記憶！事物是相通的，生命是相通的，人類的情感是相通的。"獨特"的真義，恰是它是"普遍和恆久"的。 (攝於南長街西巷〔原西大街。土地廟併入〕)

(中)街門的門插——舊的與半新不舊的。 還記得，我小時候住在宣武醋章胡同，是個小四合院，夜晚入睡前，大人們總是相互問一聲："街門上上了沒有？"意思就是將門插插好，睡得安生。《順天府志》："緯纓胡同俗訛未央（英）。"西栓馬樁之東與未英胡同之間為馬杆胡同，再南為惜陰胡同，又稱背陰胡同。再南為剛家大院。再南為高低胡同，再南即為宣武門內東城根。宣武門又稱順承門。 (攝於未英胡同)

(右)紅色木櫃上的銅活兒。 銅活兒上黑褐色的油垢都讓我們覺得好得不得了。歲歲月月，開開合合，擦擦抹抹，煙熏火燎……，成了如此渾厚耐看的老物件。

古亭式的煙囪口。　查《燕都叢考》(陳宗蕃編著)：“北新華街之西，在絨線胡同以南者，為舊簾子胡同之西頭。又南，東為新簾子胡同，西為箭杆胡同。其南北直達者東為翠花街，西為未英胡同，亦稱未央胡同。又西為西栓馬樁，又西為油房胡同。”(攝於西舊簾子胡同)

“金紅的太陽是從藍色的大海升上來的嗎？可是它也從藍色的天空升上來呀？我分不出海跟天，我分不出好人跟壞人。”

“對，”他點點頭很贊成我：“小妹妹，你的頭腦好，將來總有一天你分得清這些。將來，等我那兄弟要坐大輪船去外國唸書的時候，咱們給他

石獅。　古城流傳着許多歇後語，您要不知道這城的宮闕寺廟，市井習俗，老字商號，京華人物……，還真是丈二和尚，摸不着頭腦。比如吧，盧溝橋的獅子——沒法數；香山的臥佛——大手大腳；萬春亭上談心——説風涼話；前門樓子搭腳手——好大的架子；王致和的臭豆腐——聞着臭，吃着香；三十晚上吃餃子——沒外人；天橋的把式——光説不練……。還要補一句：天安門的獅子——對擺着。（攝於東城張自忠路）

送行去，就可以看見大海了，看它跟天有什麼不一樣。”

“我們看海去！我們看海去！”我高興得又唸起來。

“對，我們看海去，我們看海去，藍色的大海上，揚着白色的帆，……還有什麼太陽來着？”

“金紅的太陽，從海上升起來，……”

我一句句教他唸，他也很喜歡這課書了，他説：

“小妹妹，我一定忘不了你，我的心事跟別人沒説過，就連我兄弟算上。”

什麼是他的心事呢？剛才他所説的話，都叫做心事嗎？但是我並不完全懂，也懶得問。只是他的弟弟不知要好久才會坐輪船到外國去？不管怎麼樣，我們總算訂了約會，訂了“我們看海去”的約會。

五

媽媽那條淡青色的頭紗，借給我跳舞用。她在紗的四角各綴上一個小小鈴兒；我把紗披在身上，再繫在小拇指上，當作麻雀的翅膀。我的手一舞動，鈴兒就隨着響，好聽極了。

舉行畢業典禮那天，同時也開歡送畢業同學會，爸媽都來了，坐在來賓席上，畢業同學坐在最前面，我們演員坐在他們後面。童子軍維持秩序，神氣死了，他們把童子軍棍攔在禮堂的幾個出入門口，不許這個進來，不許那個出去。典禮先開始了，韓主任發畢業證書，由考第一的同學代表去領取，那位同學上台領了以後，向韓主任鞠躬，轉過身來又向台下大家一鞠躬，大家不住地鼓掌。我看這位領畢業文憑的同學很面熟，好像在那裏見過，唉！我真"灑"！每天在同一個學校裏，當然我總會見過他的呀！

我們唱歡送畢業同學離別歌："長亭外，古道邊，芳草碧連天，……問君此去幾時來，來時莫徘徊。……"我還不懂這歌詞的意思，但是我唱時很想哭，我不喜歡離別，雖然六年級的畢業同學我一個都不認識。

輪到我們的"麻雀與小孩"上場了，我心裏又高興，又害怕，這是我第一次登台。一場舞跳完，就像做夢一樣，台下是什麼樣子，我一眼也不敢看，只聽見嗡嗡的，還夾着鼓掌聲。

我下了台，來到爸媽的來賓席。媽媽給我買了大沙果，玉泉山汽水和麵包，我隨便吃啦喝啦，童子軍管不了嘍！我並不願意老老實實地坐在爸媽身邊，便站起來，左看右看的，也為的讓人家看見我就是剛才在台上的小麻雀。忽然，一晃眼，我看見一個熟悉的臉影，是坐在前邊右面來賓席上的，他是？他側過頭來了，果然是他！我不知怎麼，竟一下子蹲了下去，讓前面的座位遮住我，我的臉好發燒，好像發生了什麼事情。

我低下頭想，他怎麼也來了？是不是來看我？在那青草叢裏，我對他講過學校要開遊藝會和我要表演的事了嗎？如果他不是來看我，又是來看誰呢？

我蹲在媽媽的腳旁太久，媽輕輕地踢了我一腳說：

"起來呀！你在找什麼？"

我從座位下站起身，挨着媽媽坐下來，低頭輕輕地吃沙果，眼睛竟不敢向右前方看去。媽媽笑笑說：

"你不是說今天是特別日子，童子軍不管同學吃零食的事嗎？為什麼還這麼害怕？"

"誰說怕！"我把身子扭正過來。

這個大沙果是很難吃完的，因為我的牙！我吃着沙果，一邊看台上，一邊想心事。我想起來了，我想起來了，他的弟弟！一定是他考第一的弟弟在我們學校，就是領畢業證書的那個，我差點兒喊出來，幸虧沙果堵在嘴上，我只能從鼻子裏"哼──"了一聲。

遊藝會彷彿很快地就閉幕了，我們都很捨不得地離開學校回家。回家來，我還直講遊藝會的事情，說了又說，說了又說，好像這一天的快樂，我永遠永遠都忘不了。爸爸很高興，他說我這次期考居然進到十名以內了，要買點兒東西鼓勵我，爸說：

"要繼續努力啊！一年年地進步上去，到畢業的時候，要像今天那個考第一的學生，代表同學領畢業證書。想一想，那位同學的爸爸坐在來賓席上，該是多麼高興呀！"

"他沒有爸爸！"我突然這樣喊出來，自己也驚奇了，他準是我所認為的那個人的弟弟嗎？幸虧爸爸沒有再問下去。但是這時候卻引起我要到一個地方去的念頭。晚飯吃過了，天還不太晚，我溜出了家門。

在門外乘涼的人很多，他們東一堆，西一堆地在說話，不會有人注意我。我假裝不在意地走向空草地去。草長得更高，更茂盛了，撥開它，要用點力氣呢！草裏很暗，我不知道為什麼要到這裏來，也不知道他在不在，我只是一股子說不出的勁兒，就來了。

他沒有在這裏，但是牆角可還有一個油布包袱，上面還壓了兩塊石頭。我很想把石頭挪開，打開包袱看看，裏面到底是些什麼東西，但是我沒敢這麼做。我楞楞地看了一會兒，想了一會兒，眼睛竟濕了，我是想，夏天過去，秋

賣蓮蓬的。 （攝於五根檁胡同）

天，冬天就會來了，他還會常常來這裏嗎？天氣冷了怎麼辦？如果有一天，他的弟弟到外國去讀書，那時他呢？還要到草地來嗎？我蹲下來，讓眼淚滴在草地上，我不知道為什麼會這麼傷心？我曾經有過一個朋友，人家說她是瘋子，我卻很喜歡她。現在這個人，人家又會管他叫什麼呢？我很怕離別，將來會像那次離別瘋子那樣地和他離別嗎？

地上有一個東西閃着亮，我撿起來看，是一個小銅佛，我隨便地把它拿在手裏，就轉身走出草地了。

經過大槐樹底下的時候，一個戴着草帽穿着對襟短褂的男人向我笑瞇瞇走過來，他說：

"小姑娘，你手裏拿的是什麼玩意兒呀？我看看行嗎？"

有什麼不行呢，我立刻遞給他。

"這是哪兒來的？你們家的嗎？"

"不是，"我忽然想起這不是我家的東西，我怎麼能隨便拿在手裏呢！於

牛街。　古稱柳河村。詩詠“柳湖古寺市南頭，芳草閒房處處幽”。今湖柳已逝。（攝於牛街五條）

是我就指着空草地裏説：

　　“喏，那裏撿來的。”

　　他聽了點點頭，又笑瞇瞇地還給我，但是我不打算要了，因為回家去爸爸知道我在外面撿東西也會罵的，我就用手一推，説：

　　“送給你吧！”

　　“謝謝你喲！”他真是和氣，一定是個好人啦！

六

　　天氣悶熱，晚上蚊子咬得厲害，誰知半夜就下了一場大雨，一直下到大天亮。我們開完遊藝會放三天假，三天以後再到學校去取作業題目，暑假就開始。今天不用上學了。

　　雨水把院子刷洗了一次，好乾淨！牆邊的喇叭花被早晨的太陽一照，開得特別美。走到牆角，我忽然想起了另一個牆角。那個油布包袱，被雨沖壞了嗎？還有他呢？

　　我想到這兒，就忍不住跑出去，也不管會不會被別人看見。青草還是濕的，一撥開，水星全打到我的身上來、臉上來。

　　他果然在裏面！但他不是在遊藝會上的樣子了，昨天他端端正正地坐在禮堂裏，腰板兒是直的，脖子是挺的。現在哪！他手上是水和泥，禿頭上也是水珠子。他坐在什麼東西上，兩手支撐着下巴，厚厚的上嘴唇咬着厚厚的下嘴唇，看見我去了，也沒有笑，他一定是在想他的心事，沒有理會我。

　　好一會兒，他才問我：

　　“小英子，我問你，你昨天有沒有動過這包袱？”

　　我搖搖頭。斜頭看那包袱，上面壓着的石頭沒有了，包袱也不像昨天那樣整齊了。

　　“我想着也不是你，”他低下頭自言自語的，“可是，要是你倒好了。”

　　“不是我！”我要起誓：“我搬不動那上面的石頭。”我停了一下終於大膽地說：“而且，我昨天學校開遊藝會，你也知道。”

　　“不錯，我看見你了。”

　　我笑笑，希望他誇我小麻雀演得好，但是他好像顧不得這些了，他拉過我的手，很難過地說：

　　“這地方我不能久待了，你明白不？”

　　我不明白，所以我直着眼望他，不點頭，也不搖頭。他又說：

　　“不要再到這兒找我了，咱們以後哪兒都能見着面，是不是？小妹妹，我忘不了你，又聰明，又伶俐，又厚道。咱們也是好朋友一場哪！這個給你，這回你可得收下了。”

　　他從口袋掏出一串珠子，但是我不肯接過來。

　　“你放心，這是我自個兒的，奶奶給我的玩意兒多啦！全讓我給敗光了，就剩下這麼一串小象牙佛珠，不知怎麼，掛在鏡框上，就始終沒動過，今天本想着拿來送給你的，這是咱們有緣。小英子，記住，我可不是壞人呀！”

　　他的話是誠實的，很動聽，我就接過來了，繞兩繞，套在我的手腕上。

我還有許多話要跟他說呢，比如他的弟弟，昨天的遊藝會，但是他扶着我的肩膀說：

"回去吧，小英子，讓我自個兒再仔細想想。這兩天別再來了，外面風聲彷彿——唉，彷彿不好呢！"

我只好退出來了，我邁出破磚牆，不由得把珠串子推到胳膊上去，用袖子遮蓋住，我是怕又碰見那個不認識的男人來要了去。

七

一天過去，兩天過去，到了我到學校取暑假作業題目的日子了。

美麗的韓老師正在操場上學騎車，那是一種多麼時髦的事情呀！只有韓老師才這麼趕時髦。她騎到我的面前停下了，笑笑對我說：

"來拿作業呀！"

我點點頭。

"暑假要快樂地過，下學期很快就開學了，那時候，你作業做好了，你的新牙也長出來了，興華門也可以通車子了！"

她的話多麼好聽，我笑了。但是想起牙，連忙搗住嘴，可是太好笑了，我的新牙雖然沒有長出來，可也要笑，我就哈哈地大笑起來，韓老師也扶着車把大笑了。

我和幾個同路的同學一路回家，向興華門走，土坡兒已經移開了許多，韓老師說得不錯，下學期開學，一定可以有許多車輛打這裏經過，韓老師當然也每天騎了車來上課啦。她騎在車上像仙女一樣，我在路上見了她，一定向她招手說："韓

（左）磚印文：寶祥窯細泥停城磚、□□窯澄漿停城磚。　（攝於南新華街臨街磚牆）

（右）臨街而立的舊樓老舖。　（攝於大柵欄廊房二條）

老師，早！”

　　走進新簾子胡同，覺得今天特別熱鬧似的，人們來來往往的，好像在忙一件什麼事。也有幾個巡警向胡同裏面走去。又是誰家丟了東西嗎？我的心跳了，忽然覺得有什麼不幸。

　　越到胡同裏面，人越多了。“走，看去！”“走，看去！”人們都這麼說，到底是看什麼呢！

　　我也加緊了腳步，走到家門口時，看見家家的門都打開了，人們都站在門口張望，又好像在等什麼，有的人就往空草地那面走去，大槐樹底下也站滿了人。

　　我家門墩上被劉平和方德成站上去了。宋媽抱珠珠也站在門口，媽媽可躲在大門裏看，她這叫規矩。

　　“怎麼啦，宋媽？”我扯扯宋媽的衣襟問。

　　“賊！逮住賊啦！”宋媽沒看我，只管伸着脖子向前探望着。

"賊？"我的心一動，"在哪兒？"

"就出來，就出來，你看着呀！"

人們嗡嗡地談着，探着頭。

"來啦！來啦！出來啦！"

我的眼前被人羣擋住了，只看見許多頭在鑽動。人們從草地那邊擁着過來了。

"就是他呀！這不是收買破銅爛鐵的那小子嗎？"

前面一個巡警手裏捧着一個大包袱，啊！是那個油布包袱！那麼一定是逮住他了，我拉緊了宋媽的衣角。

"好嘛！"有人說話了："他媽的，這倒方便，就在草堆裏窩贓呀！"

"小子不是做賊的模樣兒呀！人心大變啦！好人壞人看不出來啦！"

一羣人過來了，我很害怕，怕看見他，但是到底看見了，他的頭低着，眼睛望着地下，手被白繩子綑上了，一個巡警牽着。我的手滿是汗。

在他的另一邊，我又看見一個人，就是那個在槐樹下跟我要銅佛的男人！他手裏好像還拿着兩個銅佛。

"就是那個便衣兒破的案，他在這兒蹩了好幾天了。"有人說。

"哪個是便衣兒？"有人問。

"就是那個戴草帽兒的呀！手裏還拿着賊贓哪！說是一個小姑娘給點引的路才破了案。……"

我慢慢躲進大門裏，依在媽媽的身邊，很想哭。

宋媽也抱着珠珠進來了，人們已經漸漸地散去，但還有的一直追下去看。媽媽說：

"小英子，看見這個壞人了沒有？你不是喜歡作文章嗎？將來你長大了，就把今天的事兒寫一本書，說一說一個壞人怎麼做了賊，又怎麼落得這麼個下場。"

"不！"我反抗媽媽這麼教我！

我將來長大了是要寫一本書的，但絕不是像媽媽說的這麼寫。我要寫的是：

"我們看海去"。

老院門。　儘管它破舊，但門面五官都一點沒丟地保留着。"從早上吃完點心起，我就和二妹分站在大門口左右兩邊的門墩兒上，……"——林海音《城南舊事》（攝於西松樹胡同）

上吃完點心起，我就和二妹分站在大門口左右兩邊的門墩兒上，等着看"出紅差"的。……

蘭姨娘

陰陽瓦的老屋頂。　凡北京古舊的四合院，屋頂最常見的便是這陰陽瓦，防寒防熱，不漏雨，經年歷代。偶落了草籽，不管是風吹來的，飛鳥啣掉的，還會長草。草在屋上，人在屋下，不是很好麼。陰陽瓦形成的瓦隴深，陽光一照，屋頂產生一條條重的溝影，沉穆中又有湧動，是古城獨有的景致。（攝於西絨線胡同〔原絨線胡同〕）

一

從早上吃完點心起，我就和二妹分站在大門口左右兩邊的門墩兒上，等着看"出紅差"的。這一陣子槍斃的人真多。除了土匪強盜以外，還有鬧革命的男女學生。犯人還沒出順治門呢，這條大街上已經擠滿了等着看熱鬧的人。

　　今天槍斃四個人，又是學生。學生和土匪同樣是五花大綁坐在敞車上，但是他們的表情不同。要是土匪就熱鬧了，身上披着一道又一道從沿路綢緞莊要來的大紅綢子，他們早喝醉了，嘴裏喊着：

　　"過十八年又是一條好漢！"

　　"沒關係，腦袋掉了碗大的疤瘌！"

"哥兒幾個,給咱們來個好兒!"

看熱鬧的人跟着就應一聲:

"好!"

是學生就不同了,他們總是低頭不語,羣眾也起不了勁兒,只默默的拿可憐的眼光看他們。我看今天又是槍斃學生,就想起這幾天媽媽的憂愁,她前天才對爸爸說:

"這些日子,風聲不好,你還留德先在家裏住,他總是半夜從外面慌慌張張地跑來,怪嚇人的。"

爸爸不在乎,他伸長了脖子,用客家話反問了媽一句:

"驚麼該?"

"別説咱們來往的客人多,就是自己家裏的孩子傭人也不少,總不太好吧?"

爸爸還是瞧不起地説:

"你們女人懂什麼?"

我站在門墩兒上,看着一車又一車要送去槍斃的人,都是背了手不説話的大學生,不知怎麼,便把爸媽所談的德先叔連想起來了。

德先叔是我們的同鄉,在北京大學讀書,住在沙灘附近的公寓裏,去年開同鄉會跟爸認識的。爸很喜歡他,當做自己的弟弟一樣。他能喝酒,愛説話,和爸很合得來,兩個人只要一碟花生米,一盤羊頭肉,四兩燒刀子,就能談到半夜。媽媽常在背地裏用閩南語罵這個一坐下就不起身的客人:"長屁股!"

半年以前的一天晚上,他慌慌張張地跑來我們家,跟爸用客家話談着。總是為一件很要命的事吧,爸把他留在家裏住了。從此他就在我們家神出鬼沒的,爸卻説他是一個了不起的新青年。

我是大姐,從我往下數,還有三個妹妹,一個弟弟,除了四妹還不會説話以外,我敢説我們幾個人都不喜歡德先叔,因為他不理我們,這是第一個原因。還有就是他的臉太長,戴着大黑框眼鏡,我不喜歡這種臉。再就是,他來了,媽要倒霉,爸要媽添菜,還説媽燒不好客家菜,釀豆腐味兒淡啦!白斬雞

呂祖閣的筒瓦和吻獸。 《燕都叢考》："翠花街之東與北新華街間之小胡同為翠花灣，為真武廟，為南所，為西夾道，為東夾道，為小大院，為橫街。"（攝於呂祖閣西夾道，現明光胡同）

不夠嫩啦！有一天媽高高興興燒了一道她自己的家鄉菜，爸爸吃着明明是好，卻對德先叔說：

"他們福佬人就知道燒五柳魚！"

憑了這些，我也要站在媽媽這一頭兒。德先叔每次來，我對他都冷冷的，故意做出看不起他的樣子，其實他並不注意。

雖然這樣，看着過出差的，心裏竟不安起來，彷彿這些要槍斃的學生，跟德先叔有什麼關係似的，還沒等過完，我就跑回家裏問媽：

"媽！德先叔這幾天怎麼沒來？"

"誰知道他死到哪兒去了！"媽很輕鬆地回答。停一下，她又奇怪地問我："你問他幹嗎？不來不是更好嗎？"

"隨便問問。"說完我就跑了，我仍跑回門外大街上去，剛才街上的景象全沒有了。恢復了這條街每天上午的樣子。賣切糕的，滿身輕快地推着他的獨

輪車，上面是一塊已經冷了的剩切糕，孤零零地插在一根竹籤上。我的兩個門牙剛掉，賣切糕問我買不買那塊剩切糕，我搖搖頭，他開玩笑說：

"對了，大小姐，你吃切糕不給錢，門牙都讓人摘了去啦！"

我使勁閉着嘴瞪他。

到了黃昏，虎坊橋大街另是一種樣子啦。對街新開了一家洋貨店，門口坐滿了晚飯後乘涼的大人小孩，正圍着一個裝了大喇叭的話匣子，放的是"百代公司特請譚鑫培老闆唱洪羊洞"，唱片發出沙沙的聲音，針頭該換了。二妹說：

"大姐，咱們過去等着聽洋大人笑去。"我們倆剛攜起手跑，我又看見從對街那邊，正有一隊光頭的人，向馬路這邊走來，他們穿着月白竹布褂，黑布鞋，是富連成科班要到廣和樓去上夜戲。我對二妹說：

"看，什麼來了！咱們還是回來數爛眼邊兒吧！"

我和二妹回到自己家門口，各騎在一個門墩兒上，靜等着，隊伍過來了，打頭領隊的個子高大，後面就是由小到大排下去。對街"洋大人笑"開始了，在"哈哈哈"的伴奏中，我每看隊伍裏過一個紅爛着眼睛的孩子，就大喊一聲：

"爛眼邊兒！"

二妹說："一個！"

（左）老戲樓的戲台和二層看台。 "我又看見從對街那邊，正有一隊光頭的人，向馬路這邊走來，他們穿着月白竹布袖，黑布鞋，是富連成科班要到廣和樓去上夜戲。"——林海音《城南舊事》（攝於宣武後孫公園胡同安徽會館戲樓舊址）

（中）舊戲樓的天頂。 京劇有聞名於時的四大鬚生，係指馬連良、譚富英、楊寶森、奚嘯伯，這四位在30年代之後成為老生演員的名角。還有四大名旦，係指20年代先後成名的梅蘭芳、程硯秋、荀慧生、尚小雲四位京劇旦角演員，他們造詣精深，各成流派，享譽京城。（攝於安徽會館戲樓舊址）

（右）舊戲樓舞台的後台。 （攝於後孫公園〔安徽會館舊址東側〕）

    我再説："爛眼邊兒！"

    二妹説："兩個！"

    爛眼邊兒，三個！爛眼邊兒，四個！……今天共得十一個。富連成那些學戲的小孩子，比我們大不了多少，我們喊爛眼邊兒，他們連頭也不敢斜一斜，默默地向前走，大袖的袖子，老長老長，走起路來，甩搭甩搭的，都像傻子。

    我們正數得高興，忽然一個人走近我的面前來，"嘿"的一聲，嚇我一跳，原來是施家的小哥，他也穿着月白竹布大袖。他很了不起地問我：

    "英子，你爸媽在家嗎？"

    我點點頭。

    他朝門裏走，我們也跟進去，問他什麼事，他理也不理我們，我準知道他找爸媽有要緊的事。一進臥室的門，爸媽正在談什麼，看見小哥進來，他們彷彿楞了一下。小哥上前鞠躬，然後像背書一樣地説：

    "我爸叫我來跟林阿叔林阿嬸説，如果我家蘭姨娘來了，不要留她，因為我爸把她趕出去了。"

這時媽走到通澡房的門口，我聽見裏面有嘩啦嘩啦的水聲。爸點點頭說：

"好，好，回去告訴你爸爸，放心就是了。"

（左）（德義號）洋貨莊。　字，雖經泥灰膠漆覆蓋塗抹，今仍可辨認。塗抹也成了舊跡。（攝於前門大江胡同〔原大蔣家胡同〕）

（右上）臨街舖面的楣額。　是個什麼店舖，弄不清了。磚雕的老字號，被抹上了白灰，那是文化專制時期留下的塗跡。專制家們，似乎是想掩蓋過去不屬於自己的悠長歷史，可抹去的本身，也成了不曾預料的抹不掉的一段稱為浩劫的自己的歷史。究竟誰浩劫了誰，沒說。店舖，東都四川飯店，西邊，還有個"瑞寶銀樓首飾老店"，幾十年前就人去樓空，只剩下有簷板上的字號。（攝於西絨線胡同〔原絨線胡同〕）

（右下）振億木廠的磚雕字號。　走在西草廠、梁家園、鐵門、宏業里一帶，眼睛不停地在上下搜索着胡同兩邊的舊屋老牆。當看到這殘磚字號，如同捕捉了獵物一樣興奮，並引得這院的幾位住户走出門與我們攀談。其中一位正是這木廠廠主的後代。她告訴：除了字號，還有門聯呢！由於年代久遠門上的字跡模糊，隨即主人在紙上寫下：振作葦材南金東箭，億興百業輪巧樓明。（攝於宣武椿樹鐵門胡同〔原鐵門。鐵門坎併入〕7號）

小哥又一深鞠躬告退，還是那麼正正經經，看也不看我們一眼。小哥走後，爸爸嚃嚃的喝着香片茶，媽在點蚊香，兩人都沒說話。澡房的門打開了，呀！熱氣騰騰中，走出來的正是施家的蘭姨娘！她是什麼時候來的？她穿着一身外國麻紗的褲褂，走出來就平平衣襟，向後攏攏頭髮，笑瞇瞇地說：

"把在他們施家的一身晦氣，都洗刷淨啦！好痛快！"

媽說：

"小哥剛才來了，你知道吧？"

"怎麼不知道！"蘭姨娘眉毛一挑，冷笑說："說什麼？他爸把我趕出來了？怪不錯的！我要走，大少奶奶還直說瞧她面子算了呢！這會兒又成了他趕我的嘍！嘖嘖嘖！"她的嘴直撇，然後又說："別人留我不留，他也管得了？攔得住？——走，秀子，跟我到前院去，叫你們家宋媽給我煮碗麵吃。"說着她就拉着二妹的手走出去了。爸爸一直微笑地看着蘭姨娘，伸長了脖子，腳下還打着拍子。

媽臉上一點笑容都沒有，蘭姨娘出去了，她才站在桌子前，衝着爸的

（左上）掛招幌的勾架。　老北京把商店的前門叫做"門臉兒"，也叫"舖面"。匾額必求書法名家書寫，然後精雕細刻，重漆貼金，製成招牌，懸於門額，同時再掛上行業傳統並為人所公認的招幌。此照為斜街最老的專賣煙袋的店舖，二層木樓，大概街正由此店而得名。至今門楣處留有"京師總商會"金屬徽記，可見來歷不淺。現招幌牌匾不復存，只有勾架仰空。（攝於地安門煙袋斜街）

（右下）屏門上的字：整齊。　此院屏門殘破，以鐵管木條牢固，人出入通道的右手為"整齊"，左手為"嚴"，缺一個"肅"。就是這褪色殘破的屏門，今日也絕難見到了。（攝於宣武南柳巷胡同〔柳條胡同併入〕）

後背說：

　　"施大哥還特意打發小哥來說話，怎麼辦呢？"

　　"驚麼該？"爸的腦袋挺着。

　　"怕什麼？你總是招些惹事的人來！好容易這幾天神出鬼沒的德先沒來，你又把人家下堂的姨太太留下了，施大哥知道了怎麼說呢？"

　　"你平常跟她也不錯，你好意思拒絕她嗎？而且小哥遲來了一步，是她先進門的呀！"

　　這時候蘭姨娘進來了，爸媽停止了爭論，媽沒好氣地叫我：

"英子，到對門藥舖給我買包豆蔻來，錢在抽屜裏。"

"林太太，你怎麼，又胃疼啦？林先生，準又是你給氣的吧？"蘭姨娘說完笑嘻嘻的。

我從抽屜裏拿了三大枚，心裏想着：豆蔻嚼起來涼嗶嗶的，很有意思。蘭姨娘在家裏住下多麼好！她可以常常帶我到城南遊藝園去，大戲場裏是雪豔琴的"梅玉配"，文明戲場裏是張笑影的"鋸碗丁"，大鼓書場裏是梳辮子的女人唱大鼓，還要吃小有天的冬菜包子。我一邊跑出去，一邊高興地想，眼裏滿都是那鑼鼓喧天的歡樂場面。

二

蘭姨娘在我們家住了一個禮拜了，家裏到處都是她的語聲笑影。爸上班去了，媽到廣安市場買菜去了，她跟宋媽也有說有笑的。她把施家老伯伯罵個狗，先從施伯伯的老模樣兒說起，再說他的吝嗇，他的刻薄，他的不通人情，然後又小聲和宋媽說些什麼，她們笑得吱吱喳喳的，奶媽高興得眼淚都擠出來了。

蘭姨娘圓圓扁扁的臉兒，一排整整齊齊的白牙，我最喜歡她左邊那顆鑲金的牙，笑時左嘴角向上一斜，金牙就很合適地露出來。左嘴巴還有一處酒渦，隨着笑聲打漩兒。

她的麻花髻梳得比媽的元寶髻俏皮多了，看她把頭髮擰成兩股，一來二去就盤成一個髻，一排茉莉花總是清幽幽、半彎身的臥在那髻旁。她一身輕俏，披在右襟上的麻紗手絹，一朵白菊花似的貼在那

裏。跟蘭姨娘坐一輛洋車上很舒服，她摟着我，連説：「往裏靠，往裏靠。」不像媽，黑花絲葛的裙子裏，年年都裝着一個大肚子。跟媽坐一輛洋車，她的大肚子把我頂得不好受，她還直説：「別擠我行不行！」現在媽又大肚子了。

有了蘭姨娘，媽做家事倒也不寂寞，她跟媽有訴説不盡的心事，奶媽，張媽，都喜歡靠攏來聽，我也「小魚上大串兒」地擠在大人堆裏，仰頭望着蘭姨娘那張有表情的臉。她問媽説：

「林太太，你生英子十幾歲？」

「才十六歲。」媽説。

蘭姨娘笑了：

「我開懷也只十六歲。」

「什麼開懷？」我急着問。

「小孩子別亂插嘴！」媽叱責我，又向蘭姨娘説：「當着孩子説話要小心，英子鬼着呢，會出去亂説。」

蘭姨娘嘆了口氣：

「我十四歲從蘇州被人帶進了北京，十六歲那什麼，四年見識了不少人，二十歲到底還是跟了施大這個老鬼，……」

「施大哥今年到底高壽了？」媽打岔問。

「管他多大！六十，七十，八十，反正老了，老得很！」

「我記得他是六十──六十幾來着？」媽還是追問。

「他呀，」蘭姨娘嘆哧笑了，看看我：「跟英子一般大，減去一個甲子，才八歲！」

「你倒也跟了他五年了，你今年不是二十五歲了嚜？」

「別看他六十八歲了，硬朗着呢！再過下去，我熬不過他，他們一家人對付我一個人，我還有幾個五年好活！我不願意把年輕的日子埋在他們家。可是，四海茫茫，我出來了，又該怎麼樣呢？我又沒有親人，蘇州城裏倒有一個三歲就把我賣了的親娘，她住在哪條街上，我也記不得了呀！就記得那屋裏有一盞油燈，照着躺在牀上的哥哥，他病了，我娘坐在牀邊哭，應該就是為了這

臨街的老店舖。　（攝於煙袋斜街 24 號）

病哥哥才把我賣的吧!想起來夢似的,也不知道是我亂想的,還是真的⋯⋯」

蘭姨娘說着,眼裏閃着淚光,是她不願意哭出來吧,嘴上還勉強笑着。

媽不會說話,笨嘴拙舌的,也不勸勸蘭姨娘。我想到去年七月半在北海看燒法船的時候,在人羣裏跟媽撒開了手,還急得大哭呢,一個人怎麼能沒有媽?三歲就沒了媽,我也要哭了,我說:

「蘭姨娘,就在我們家住下,我爸爸就愛留人住下,空房好幾間呢!」

「乖孩子,好心腸,明天書唸好了當女校長去,別嫁人,天底下男人沒好的!要是你爸媽願意,我就跟你們家住一輩子,讓我拜你媽當姐姐,問她願意不願意?」蘭姨娘笑着說。

「媽願意吧?」我真的問了。

「願——意呀!」媽的聲音好像在醋裏泡過,怎麼這麼酸!

我可是很開心,如果蘭姨娘能夠好久好久地停留在我們家的話。她怎麼也說我要當女校長呢?有一次,我站在對街的測字攤旁看熱鬧,測字的先生忽然從他的後領裏抽出一把摺扇,指着我對那些要算命的人說:「看見沒有?這個小姑娘趕明兒能當女校長,她的鼻子又高又直,主意大着呢!有男人氣。」蘭姨娘的話,測字先生的話,讓人聽了都舒服得很,使我覺得自己很了不起。

爸對蘭姨娘也不錯,那天我跟着爸媽到瑞蚨祥去買衣料,媽高高興興地為我和弟弟、妹妹們挑選了一些衣料之後,爸忽然對我說:

「英子,你再挑一件給你蘭姨娘,你知道她喜歡什麼顏色的嗎?」

「知道知道,」我興奮得很,「她喜歡一件蛋青色的印度綢,鑲上一道黑邊兒,再壓一道白芽兒,⋯⋯」我比手劃腳說得高興,一回頭看見坐在玻璃櫃旁的媽,媽正皺着眉頭在瞪我。夥計早把深深淺淺的綢子捧來好幾匹,爸挑了一色最淺的,低聲下氣地遞到媽面前說:

「你看看這料子還好嗎?是真絲的嗎?」

媽繃住臉,抓起那匹布的一端,大把的一攥,拳頭緊緊的,像要把誰攥死。手鬆開來,那團綢子也慢慢散開,滿是縐痕,媽說:

「你看好就買吧,我不懂!」

清華學堂。　梅貽琦（1931年任清華大學校長）有名言："所謂大學者，非謂有大樓之謂也，有大師之謂也。"（攝於清華大學）

我也真不懂媽為什麼忽然跟爸生氣，直到有一天，在那雲煙繚繞的鴉片煙香中，我才也聞出那味道的不對。

那個做九六公債的胡伯伯，常來我家打牌，他有一套煙具擺在我們家，爸爸有時也躺在那裏陪胡伯伯玩兩口。

蘭姨娘很會燒煙，因為施伯伯也是抽大煙的。是要吃晚飯的時候了，爸和蘭姨娘橫躺在牀上，面對面，枕着荷葉邊的繡花枕頭，上面是媽繡的拉鎖牡丹花，中間那份煙具我很喜歡，像爸給我從日本帶回來的一盒玩具。白銅煙盤裏擺着小巧的煙燈，冒着青黃的火苗，蘭姨娘用一根銀籤子從一個洋錢形的銀盒裏挑出一撮煙膏，在煙燈上燒得嗞嗞地響，然後把煙泡在她那紅紅的掌心上滾滾，就這麼來回燒着滾着，燒好了插在煙槍上，把銀籤子抽出來，中間正是個小洞口。煙槍遞給爸，爸嘬着嘴，對着燈火嘶嘶地抽着。我坐在小板凳上看蘭姨娘的手看楞了，那燒煙的手法，真是熟巧。忽然，在噴雲吐霧裏，蘭姨娘的手，被爸一把捉住了，爸說：

"你這是硃砂手，可有福氣呢！"

蘭姨娘用另一隻手把爸的手甩打了一下，抽回手去，笑瞪着爸爸：

"別胡鬧！沒看見孩子？"

爸也許真的忘記我在屋裏了，他側抬起頭，衝我不自然地一笑，爸的那副嘴臉！我打了一個冷戰，不知怎麼，立刻想到媽。我站起來，掀起布簾子，走出臥室，往外院的廚房跑去，我不知道為什麼要在這時候找母親，跑到廚房，我喊了一聲："媽！"背手倚着門框。

媽站在大爐灶前，頭上滿是汗，臉通紅，她的肚子太大了，向外挺着，挺得像要把肚子送給人！鍋裏油熱了，冒着煙，她把菜倒在鍋裏，才回過頭來不耐煩地問我：

"幹麼？"我回答不出，直着眼看媽的臉，她急了，又催我："說話呀！"

我被逼得找話說，看她呱呱呱的用鏟子敲着鍋底，把炒熟的菜裝在盤子裏，那手法也是熟巧的，我只好說：

"我餓了，媽。"

媽完全不知道剛才的那一幕使我多麼同情她，她只是罵我：

"你急什麼？吃了要去赴死嗎？"她揚起鍋鏟趕我："去去去，熱得很，別在我這兒搗亂！"

在我的淚眼中，媽媽的形象模糊了，我終於"哇"的一聲哭了出來。宋媽把我一把拉出了廚房，她說什麼？"一點兒都不知道心疼你媽，看這麼熱天，這麼大肚子！"

我聽了跳起腳來哭。

蘭姨娘也從裏院跑出來了，她說：

"剛才不是還好好的嗎？這會功夫怎麼又搗亂搗到廚房來啦！"

媽說：

"去叫她爸爸來揍她！"

天快黑了，我被圍在家中女人們的中間，她們越叫我吃飯，我越傷心；她們越説我不懂事，我越哭得厲害。

　　在雜亂中，我忽然看見一個白色的影子從我身旁擦過，是——是多日不見的德先叔，他連看都不看我一眼，直往裏院走。看着他那輕飄飄白綢子長衫的背影，我咬起牙，恨一切在我眼前的人；包括德先叔在內。

中山公園格言亭。　　《北京傳統文化便覽》（陳文良主編）："格言亭位於北壇（社稷壇）門之北，是一座白色大理石圓形亭子，亭有八柱，每根柱上刻滿古代名賢格言。"林海音先生曾長久保留着一張老照片，上寫有"考上小學那天，與尪叔及燕珠三妹到中央公園（即中山公園）格言亭前留影紀念（1925）"不知是哪裏出了誤差，其背景非格言亭而是公園的另一碑亭。就讓海音保存原來的記憶吧！不必喚醒，因為，美的記憶是不能用"對、錯"來檢驗的。今攝格言亭，算是送給她的一張小畫片，博她一樂。（攝於中山公園）

三

第二天早晨，我是全家最遲起來的人，醒來我還閉着眼睛想，早點是不是應當繼續絕食下去？昨天抽大煙鬧硃砂手的事，給我的不安還沒有解開，她使我想到幾件事：我記得媽跟別人說過，爸爸在日本吃花酒，一家挨一家，吃一整條街，從天黑吃到天亮，媽就在家裏守到天亮，等着一個醉了的丈夫回來。我又記得我們住在城裏時，每次到城南遊藝園聽夜戲回來，車子從胭脂胡同、韓家潭穿過時，宋媽總會把我從睡夢中推醒："醒醒，醒醒，大小姐！看，多亮！"我睜開眼，原來正經過輝煌光亮的胡同，各家門前掛着圍了小電燈紮彩的鏡框，上面寫着什麼"弟弟""黛玉""綠琴"等等字樣，奶媽跟我說過，蘭姨娘沒到施伯伯家以前，也是在這種地方住。她們是刮男人的錢、毀男人的家的壞東西！因為這樣，所以一看到爸和蘭姨娘那樣的事，覺得使媽受了委屈，使我們都受了委屈。把原來喜歡蘭姨娘的心，打了大大的折扣，我又恨，又怕。

我起牀了，要到前院去，經過廂房時，一晃眼看見蘭姨娘正在窗前的桌上摸骨牌，玩她的過五關斬六將，我裝着沒看見，直走過去，因為心中還恨恨的。

"英子！"蘭姨娘隔着窗子在叫我。

我不得不進屋了，蘭姨娘推開桌上的骨牌，站起來拉着我的手，溫柔地說：

"看你這孩子，昨天一晚上把眼睛都哭腫了，飯也沒吃。"她撫摩着我的頭髮，我繃着勁兒，一點笑容都沒有。

她又說：

"別難過，後天就是七月十五了，你要提什麼樣的蓮花燈，蘭姨娘

（上）森森柏林，屯甲聯雲，崢嶸奇崛，旁若無人——此中山公園內千年柏樹之偉狀。　　中山公園（原中央公園）有古柏六百餘株，大多百年之上。有七株異常粗壯，參天蔽日，鬱鬱悠悠，乃千年古木。最巨者，幹圍竟一丈九尺。據查，柏林曾是遼代陪都"南京"城（幽州）東北部興國寺的寺址，柏為其遺物。"每天黃昏，公公都到中山公園柏樹林下的春明茶館，或到來今雨軒與老友聚晤，談天下棋，吃一碗雪菜肉絲麵，入夜才各自回家。"——夏祖麗《林海音傳》

（左）品茗——茶塢木桌上的壺與杯。　　"從中山公園旁的冰窖門進去，便是柏斯馨，長美軒，春明館這一帶古松柏下的茶座了。上午遊人很少，茶座沒有完全擺出來，很清靜。"——林海音《婚姻的故事》。我們沒有趕上二、三十年代在中山公園茶座上喝茶，那時——能望見魯迅、錢玄同、馬敘倫、傅斯年、胡適之等那些大師學者伏案寫作，小飲交談，能在投滿大蔭的古柏林下享受自然的清寂，能在自由而清逸中品出人性的情趣。今天，在這兒，拍下這壺與杯，是對大師"心嚮往之"。（攝於中山公園四宜軒茶坊）

給你買。"

　　我搖搖頭，她又自管自地接着說：

　　"你不是說要特別花樣的嗎？我幫你做個西瓜燈，好哎？要把瓜吃空了，皮削脫，剩薄薄格一層瓤子，裏面點上燈，透明格，蠻有趣。"

　　蘭姨娘話說多了，就不由得帶了她家鄉的口音，輕輕軟軟，多麼好聽！我被她說得回心轉意了，點點頭。

她見我答應了也很高興，忽然又閒話問我：

"昨天跟你爸瞎三話四，講到半夜的那隻四眼狗是什麼人？"

"四眼狗？" 我不懂。

蘭姨娘淘氣地笑了，她用手掌從臉上向下一抹，手指彎成兩個圈，往眼睛上一比：

"喏！就是這個人呀！"

"啊——那是我德先叔。"

這時，不知是什麼心情，忽然使我站在德先叔這一邊了，我有意把德先叔叫得親熱些，並且說：

這裏太冷清了！ 北京古城真有幾處清冷，幾處音絕，幾處"古調世間稀"。太廟柏林的靜穆，陶然亭草葦碑亭的荒疏，玉淵潭凌水淹枝和釣台殘雪的寧逸……，都不是一般人所能品味和領略的。"獨釣寒江"，的確要的是一種大氣魄大胸懷和大境界，而且，那已經不屬於欣賞，屬於身心皆在其中了。（攝於海淀玉淵潭公園）

"他是很有學問的，所以要戴眼鏡。他在北京大學唸書，爸說，他是頂、頂、頂新的新青年，很了不起！"我挑着大拇指說，很有把蘭姨娘卑賤的身分更壓下去的意思。

"原來是大學生呀！"蘭姨娘倒也緩和了，"那麼就是你媽說過，常住在你們家躲風聲的那個大學生嘍？"

"是。"

"好，"蘭姨娘點點頭笑說："你爸爸的心眼兒蠻好的，三六九等的人都留下了。"

我從蘭姨娘的屋裏出來，就不由得往前院德先叔住的南屋走去。我有權利去，因為南屋書桌抽屜裏放着我的功課，我的小布人兒，我的"兒童世界"，德先叔正佔用那書桌，我走進去就不客氣地拉開書桌抽屜，翻這翻那，毫無目的。他被我在他身旁鬧得低下頭來看。我說：

"我的小刀呢？剪子呢？蘭姨娘要給我做西瓜燈哪！"

"那個蘭姨娘是你家什麼人？我以前怎麼沒見過？"我多麼高興蘭姨娘引起他的注意了。

"德先叔，你說那個蘭姨娘好看不好看？"

"我不知道，我沒看清楚。"

"她可看清楚你了，她說，你的眼睛很神氣，戴着眼鏡很有學問。"我想到"四眼狗"，簡直不敢正眼朝他臉上看，只聽見他說：

"哦？——哦？"

吃午飯的時候，德先叔的話更多了，他不那樣旁若無人地總對爸一個人說話了，也不時轉過頭向蘭姨娘表示徵求意見的樣子，但是蘭姨娘只顧給我挾菜，根本不留神他。

下午，我又溜到蘭姨娘的屋裏。我找個機會對蘭姨娘說：

"德先叔誇你哩！"

"誇我？誇我什麼呀？"

"我早上到書房去找剪刀，他跟我說：'你那個蘭姨娘，很不錯呀！'"

時時在望中。　（攝於鼓樓趙府街）

"喲！"蘭姨娘抿着嘴笑了，"他還說什麼？"

"他說——他說，他說你像他的一個女同學。"我瞎說。

"那——人家是大學堂的，我怎麼比得了！"

晚飯桌上，蘭姨娘就笑瞇瞇的了，跟德先叔也搭搭話。爸更高興，他說：

"我這個人就是喜歡幫助落難的朋友，別人不敢答應的事，我不怕！"說着，他就拍拍胸脯。爸酒喝得夠多，眼睛都紅了，笑嘻嘻斜乜着眼看蘭姨娘。媽的臉色好難看，站起來去倒茶，我的心又冷又怕，好像和媽媽被丟在荒野裏。

我整日守着蘭姨娘，不讓她有一點點機會跟爸單獨在一起。德先叔這次住在我們家倒是很少出去，整天呆在屋裏發楞，要不就在院子裏晃來晃去的。

七月十五日的下午，蘭姨娘的西瓜燈完成了。一吃過晚飯，天還沒有黑，我就催着蘭姨娘，宋媽，還有二妹，點上自己的燈到街上去，也逛別人的燈。臨走的時候，我跑到德先叔的屋裏，我説：

"我和蘭姨娘去逛蓮花燈，您去不去？我們在京華印書館大樓底下等您！"說完我就跑了。

行人道上擠滿了提燈和逛燈的人，我的西瓜燈很新鮮，很引人注意。但是不久我們就和宋媽、二妹她們走散了，我牽着蘭姨娘的手，一直往西去，到了京華印書館的樓前停下來，我假裝找失散的宋媽她們，其實是在盼望德先叔。我在附近東張西望一陣沒看見，失望地回到樓前來，誰知道德先叔已經來了，他正笑瞇瞇地跟蘭姨娘點頭，蘭姨娘有點不好意思，也點頭微笑着。德先叔説：

"密斯黃，對於民間風俗很有興趣。"

蘭姨娘彷彿很吃驚，不自然地説：

五福（蝠）臨門。　儘管臨了一百多年，那門還是那個門，主人也換了幾茬。（攝於交道口北頭條）

石板房。　古城融和着西方的文化，包括建築風格。（攝於北極閣三條）

"那裏，哄哄孩子！您，您怎麼知道我姓黃？"

我想蘭姨娘從來沒有被人叫過"密斯黃"吧，我知道，人家沒結過婚的女學生才叫"密斯"，蘭姨娘倒也配！我不禁撇了一下嘴，心裏真不服氣，雖然我一心想把蘭姨娘跟德先叔拉在一起。

"我聽林太太講起過，說密斯黃是一位很有志氣的，敢向惡劣環境反抗的女性！"德先叔這麼說就是了，我不信媽這樣說過，媽根本不會說這樣的話。

這一晚上，我提着燈，蘭姨娘一手緊緊地按在我的肩頭上，倒像是我在領着一個瞎子走夜路。我們一路慢慢走着，德先叔和蘭姨娘中間隔着一個我，他們在低低地談着，蘭姨娘一笑就用小手絹搗着嘴。

第二天我再到德先叔屋裏去，他跟我有的是話説了，他問我：

"你蘭姨娘都看些什麼書，你知道嗎？"

"她正在看'二度梅'，你看過沒有？"

德先叔難得向我笑笑，搖搖頭，他從書堆裏翻出一本書遞給我説："拿去給她看吧。"

我接過來一看，書面上印着："易卜生戲劇集：傀儡家庭。"

第三天，我給他們傳遞了一次紙條。第四天我們三個人去看了一次電影，我看不懂，但是蘭姨娘看了當時就哭得欷欷的，德先叔遞給她手絹擦，那電影是李麗吉舒主演的"二孤女"。第五天我們走得更遠，到了三貝子花園。

從三貝子花園回來，我興奮得不得了，恨不得飛回家，飛到媽的身邊告訴她；我在三貝子花園暢觀樓裏照哈哈鏡玩時，怎樣一回頭看見蘭姨娘和德先叔手拉手，那副肉麻相！而且我還要把全部告訴媽！但是回到家裏，臥室的門關了，宋媽不許我進去，她説：

"你媽給你又生了小妹妹！"

直到第二天，我才溜進去看，小妹妹瘦得很，白蒼蒼的小手，像雞爪子，可是那接生的產婆山田太太直誇讚，她來給妹妹洗澡，一打開小被包，露出妹妹的雞爪子，她就用日本話拉長了聲説：

"可愛イネ——！可愛イネ——！"（可愛呀！可愛呀！）

媽端着一碗香噴噴的雞酒煮掛麵，望着澡盆裏的小肉體微笑着。她沒注意我正在牀前的小茶几旁打轉。我很喜歡媽生小孩子。因為可以跟着揩油吃些什麼，小茶几上總有雞酒啦、奶粉啦、黑糖水啦，我無所不好。但是我今天更興奮的是，心裏擱着一件事，簡直是非告訴她不可啦！

媽一眼看見我了：

"我好像好幾天都沒看見你了，你在忙什麼呢？這麼熱的天，又野跑到哪兒去了？"

"我一直在家裏，您不信問蘭姨娘好了。"

"昨天呢？"

"昨天——"

我也學會了鬼鬼祟祟,擠到媽牀前,小聲説:"蘭姨娘沒告訴您嗎?我們到三貝子花園去了。媽,收票的大高人,好像更高了,我們三個人還跟他合照了一張像呢,我只到那人這裏,……"

"三個人?還有一個是誰?"

"您猜。"

"左不是你爸爸!"

"您猜錯了,"看媽的一副苦相,我想笑,我不慌不忙地學着蘭姨娘,用手掌從臉上向下一抹,然後用手指彎成兩個圈往眼睛上一比,我説:

"喏!就是這個人呀!"

媽皺起眉頭在猜:

"這是誰?難道?難道是?——"

"是德先叔。"我得意地搖晃着身體,並且拍拍我的新妹妹的小被包。

"真是?"媽的苦相沒了,又換了一副急相:"到底是怎麼回事?你説,你從頭兒説。"

我從四眼狗講到哈哈鏡,媽聽我説得出了神,她懷中的瘦雞妹妹早就睡着了,她還在搖着。

"都是你一個人搗的鬼!"媽好像責備我,可是她笑得那麼好看。

"媽,"我有好大的委屈,"您那天還要叫爸揍我呢!"

"對了,這些事你爸知道不?"

"要告訴他麼?"

"這樣也好,"媽沒理我,她低頭呆想什麼,微笑着自言自語地説。然後她又好像想起了什麼,抬起頭來對我説:

"你那天説要買什麼來着?"

"一付滾鐵環,一雙皮鞋,現在我還要加上訂一整年的'兒童世界'。"我毫不遲疑地説。

四

爸正在院子裏澆花，這是他每天的功課，下班回家後，他換了衣服，總要到花池子花盆前擺弄好一陣子。那幾盆石榴，春天爸給施了肥，滿院子麻渣臭味，到五月，火紅的花朵開了，現在中秋了，肥碩的大石榴都裂開了嘴向爸笑！但是今天爸並不高興，他站在花前發呆。我看爸瘦瘦高高，穿着白紡綢褲褂的身子，晃晃盪盪的，顯得格外的寂寞，他從來沒有這樣過。

宋媽正在開飯，她一趟趟地往飯廳裏運碗運盤，今天的菜很豐富，是給德先叔和蘭姨娘送行。

庭院中的石榴樹。　"……到五月，火紅的花朵開了，現在中秋了，肥碩的大石榴都裂開了嘴向爸笑！"——林海音《城南舊事》。拍攝中，我有意加大了曝光時間，讓陽光穿透石榴樹的縫隙蔓延開來。石榴會笑，陽光也會笑，讓它們的笑慰藉一下暮年傷感的庭院主人。（攝於豐盛胡同〔原豐城胡同〕）

　　我正在屋裏寫最後的大字。今年暑假過得很快樂，很新奇，可是暑假作業全丟下沒有做，這個暑假沒有人管我了。蘭姨娘最初還催着我寫九宮格，後來她只顧得看"傀儡家庭"了，就懶得理我的功課。九宮格裏填滿了我的潦草的墨跡，一張又一張的，我不像是學字；比鬼畫符還難看。我從窗子正看到爸的白色的背影，不由得停下了筆，不知怎麼，心裏覺得很對不起爸。

　　我很納悶兒，德先叔和蘭姨娘是怎麼跟爸提起他們要一起走的事呢？我昨天晚上要睡覺時一進屋，只聽到爸對媽說：

　　"……我怎麼一點兒都不知道？"

　　我不知道爸說的是什麼事，所以起初沒注意，一邊換衣服一邊想我自己的事：還有兩天就開學了，明天可該把大字補寫出來了，可是一張九個字，十張九十個字，四十張三百六十個字，讓我怎麼趕呀！還是求求蘭姨娘給幫忙吧。這時我又聽見媽說：

　　"這種事怎麼能教你知道了去！哼！"媽冷笑了一下。

　　"那麼你知道？"

　　"我？我也不知道呀！德先是怎麼跟你提起的？"

　　"他先是說，這些日子風聲又緊了，他必得離開北京，他打算先到天津看看，再坐船到上海去。隨後他又說：'我有一件事要告訴大哥的，密斯黃預備和我一起走。'……"我這時才明白是講的什麼事，好奇地仔細聽下去。

　　"哼！你聽德先講了還不吃一驚！"媽說。

　　"驚麼該！"爸不服氣，"不過出乎意料就是了，你真一點都不知道，一點都沒看出來？"

　　"我從哪兒知道呢？"媽簡直瞎說！停了一下媽又說："平常倒也彷彿看出有那麼點兒意思。"

　　"那為什麼不跟我說？"

　　"喲！跟你說，難道你還能攔住人家不成，我看他們這樣很不錯。"

　　"好固然好，可是我對於德先這種偷偷摸摸的行為不贊成。"

　　媽聽了從鼻子裏笑了一聲，一回頭看見了我，就罵我：

白塔寺。　　原名妙應寺。始建於（遼）壽昌二年（1096 年），元（1271 年）重建。（攝於白塔寺西夾道）

　　"小孩子聽什麼！還不睡去！"

　　爸坐在那兒，兩腿交疊着，不住地搖，我真想上前告訴他，在三貝子花園門口合照的像，德先叔還在上面題了字："相逢何必曾相識"，蘭姨娘給我講了好幾遍呢！可是我怕說出來爸會罵我，打我。我默默地爬上牀，躺下去，又聽媽說：

　　"他們決定明天就走嗎？那總得燒幾樣菜送送他們吧？"

　　"隨便你吧！"

　　我再沒聽到什麼了，心裏只覺得捨不得蘭姨娘，眼睛勉強睜開又閉上了。夢裏還在寫大字，蘭姨娘按着我的右肩頭，又彷彿是在逛燈的那晚上，我想舉筆寫字，她按得緊，抬不起手，怎麼也寫不成……

　　可是現在我正一張一張地寫，終於在晚飯前寫完了，我帶着一嘴的黑鬍子和黑手印上了飯桌，蘭姨娘先笑了：

"你的大字倒刷好了？"

我今天挨着蘭姨娘坐，心中真覺得捨不得，媽直讓酒，向蘭姨娘和德先叔説：

"你們倆一路順風！"

爸不用人讓，把自己灌得臉紅紅的，頭上的青筋一條條像蚯蚓一樣地暴露着，他舉着酒杯伸出頭，一直伸到蘭姨娘的臉面，蘭姨娘直朝後閃躲，嘴裏説：

"林先生，你別再喝了，可喝不少了。"

爸忽然又直起身子來，做出老大哥的神氣，醉言醉語地説：

"我這個人最肯幫朋友的忙，最喜歡成全朋友，是不是？德先，你可得好好待她喲！她就像我自家的妹子一樣喲！"爸又轉過頭來向蘭姨娘説："要是他待你不好，你儘管回到我這裏來。"蘭姨娘嬌羞地笑着，就彷彿她是十八歲的大姑娘剛出嫁。

宋媽在旁邊伺候，也笑眯着，用很新鮮的眼光看蘭姨娘。同時還把灑了雙妹花露水的毛巾，一回又一回地送給爸爸擦臉。

馬車早就叫來停在大門口了。我們是全家上下在門口送的，連剛滿月的小妹妹都抱出大門口見風了。

黃昏的虎坊橋大街很熱鬧，來來往往的，眼前都是人，也有鄰居圍在馬車前等着看新鮮，宋媽早就告訴人家了吧！

蘭姨娘換了一個人，她的油光刷亮的麻花髻沒有了，現在頭髮剪的是華倫王子式！就跟我故事書裏畫的一樣：一排頭髮齊齊地齊着眉毛，兩邊垂到耳朵邊。身上穿的正是那件蛋青綢子旗袍，做成長身坎肩另接兩隻袖子樣式的，脖子上圍一條白紗，斜斜地繫成一個大蝴蝶結，就跟在女高師唸書的張家三姨打扮得一樣樣！

她跟爸媽説了多少感謝的話，然後低下身來摸着我的臉説：

"英子，好好地唸書，可別像上回那麼招你媽生氣了，上三年級可是大姑娘嘍！"

一段老圍牆，正對着新華門。 （攝於西長安街）

　　我想哭，也想笑，不知什麼滋味，看蘭姨娘德先叔同進了馬車，隔着窗子還跟我們招手。

　　那馬車越走越遠越快了，揚起一陣滾滾灰塵，就什麼也看不清了。我仰頭看爸爸，他用手摸着胸口，像媽每次生了氣犯胃病那樣，我心裏只覺得有些對爸不起，更是同情。我輕輕推爸爸的大腿，問他：

　　"爸，你要吃豆蔻嗎？我去給你買。"

　　他並沒有聽見，但衝那遠遠的煙塵搖搖頭。

小板凳。　人類在艱辛磨難中趨向成熟，將被感動的生活銘刻於心。（攝於靈境胡同〔原靈濟宮〕）

換綠

那個兩面釉的大綠盆說⋯⋯

盆兒的，用他的藍布撢子的把兒，使勁敲着

驢打滾兒

換綠盆兒的，用他的藍布撣子的把兒，使勁敲着那個兩面釉的大綠盆說：

"聽聽！您聽聽！什麼聲兒！哪找這綠盆兒去，賽江西瓷！您再添吧！"

媽媽用一堆報紙，三雙舊皮鞋，兩個破鐵鍋要換他的四隻小板凳，一塊洗衣服板；宋媽還要饒一個小小綠盆兒，留着拌黃瓜用。

平民之物。 （攝於廣寧伯街某院內）

起落的圍牆，冬樹和老屋。　這景物平常，五十年前在北京隨處可見。現在呢？您要尋找，在滿目沙丘般樓廈的縫隙和背後去尋找，似乎有一種尋找水源綠洲的感覺。　（攝於西長安街賢效里〔原成公府央道、賢孝里〕）

　　　我呢，抱着一個小板凳不放手。換綠盆兒的嚷着要媽媽再添東西。一件舊棉襖，兩疊破書都加進去了，他還説：

　　“添吧，您。”

　　媽説：“不換了！”叫宋媽把東西搬進去，我着急買賣不能成交，凳子要交還他，誰知換綠盆兒的大聲一喊：

　　“拿去吧！換啦！”他揮着手垂頭喪氣地説：“唉！誰讓今兒個沒開張哪！”

　　四個小板凳就擺在對門的大樹蔭底下，宋媽帶着我們四個人——我，珠珠，弟弟，燕燕——坐在新板凳上講故事。燕燕小，擠在宋媽的身邊，半坐半靠着，吃她的手指頭玩。

　　“你家小栓子多大了？”我問。

"跟你一般兒大，九歲嘍！"

小栓子是宋媽的兒子。她這兩天正給我們講她老家的故事；地裏的麥穗長啦，山坡的青草高啦，小栓子摘了狗尾巴花繫在牛犄角上啦。她手裏還拿着一隻厚厚的鞋底，用粗麻繩納得密密的，是給小栓子做的。

"那麼他也上三年級啦？"我問。

"鄉下人有你這好命兒？他成年價給人看牛哪！"她說着停了手裏的活兒，舉起錐子在頭髮裏劃幾下，自言自語地說："今年個，可得回家看看了，心裏老不順序。"她說完楞楞的，不知在想什麼。

"那麼你家丫頭子呢？"

其實丫頭子的故事我早已經知道了，宋媽講過好幾遍。宋媽的丫頭子和弟弟一樣，今年也四歲了。她生了丫頭子，才到城裏來當奶媽，一下就到我們家，做了弟弟的奶媽。她的奶水好，弟弟吃得又白又胖。她的丫頭子呢，就在她來我家試妥了工以後，讓她的丈夫抱回鄉下去給人家奶去了。我問一次，她講一次，我也聽不膩就是了。

"丫頭子呀，她花錢給人家奶去啦！"宋媽說。

"將來還歸不歸你？"

"我的姑娘不歸我？你歸不歸你媽？"她反問我。

"那你為什麼不自己給奶？為什麼到我家當奶媽？為什麼你賺的錢又給了人家去？"

"為什麼？為的是——說了你也不懂，俺們鄉下人命苦呀！小栓子他爸爸沒出息，動不動就打我，我一狠心就出來當奶媽自己賺錢！"

我還記得她剛來的那一天，是個冬天，她穿着大紅棉襖；裏子是白布的，油亮亮的很髒了。她把奶頭塞到弟弟的嘴裏，弟弟就咕嘟咕嘟的吸呀吸呀，吃了一大頓奶，立刻睡着了，過了很久才醒來，也不哭了。就這樣留下她當奶媽的。

過了三天，她的丈夫來了，拉着一匹驢，拴在門前的樹幹上。他有一張大長臉，黃板兒牙，怎麼這麼難看！媽媽下工錢了，摺子上寫着：一個月四塊

錐子、針葫蘆、笸籮。　*將普通平凡的事物，增加意義，也許這就是生活，就是生命。*

錢，兩付銀首飾，四季衣裳，一牀新鋪蓋，過一年零四個月才許回家去。

　　穿着紅棉襖的宋媽，把她的小孩子包裹在一條舊花棉被裏，交給她的丈夫。她送她的丈夫和孩子出來時，哭了，背轉身去掀起衣襟在擦眼淚，半天抬不起頭來。媒人店的老張勸宋媽説：

　　"別哭了，小心把奶憋回去。"

　　宋媽這才止住哭，她把錢算給老張，剩下的全給了她丈夫。她囑咐她丈夫許多話，她的丈夫説：

　　"你放心吧。"

　　他就抱着孩子牽着驢，走遠了。

　　到了一年四個月，黃板兒牙又來了，他要接宋媽回去，但是宋媽捨不得弟弟，媽媽又要生小孩，就把她留下了。宋媽的大洋錢，數了一大垛交給她丈夫，他把錢放進藍布褲褲裏，叮叮噹噹的，牽着驢又走了。

　　以後他就每年來兩回，小叫驢拴在院子裏牆犄角，弄得滿地的驢糞球，好在就一天，他準走。隨着驢背滾下來的是一個大麻袋，裏面不是大花生，就是大醉棗，是他送給老爺和太太——我爸爸和媽媽。鄉下有的是。

我簡直想不出宋媽要是真的回她老家去，我們家會成什麼樣兒？誰給我老早起來梳辮子上學去？誰餵燕燕吃飯？弟弟挨爸爸打的時候誰來護着？珠珠拉了屎誰來給擦？我們都離不開她呀！

可是她常常要提回家去的話，她近來就問了我們好幾次：「我回俺們老家去好不好？」

「不許啦！」除了不會說話的燕燕以外，我們齊聲反對。

春天弟弟出麻疹鬧得很兇，他緊閉着嘴不肯喝那蘆根湯，我們圍着鼻子眼睛起滿了紅疹的弟弟。媽說：

「好，不吃藥，就叫你奶媽回去！回去吧！宋媽！把衣服，玩意兒，都送給你們小栓子，小丫頭子去！」

宋媽假裝一邊往外走一邊說：

「走嘍！回家嘍！回家找俺們小栓子，小丫頭子去喲！」

「我喝！我喝！不要走！」弟弟可憐巴巴地張開手，要過媽媽手裏的那碗蘆根湯，一口氣喝下了大半碗。宋媽心疼得什麼似的，立刻摟抱起弟弟，把頭靠着弟弟滾燙的爛花臉兒說：

「不走！我不會走！我還是要俺們弟弟，不要小栓子，不要小丫頭子！」跟着，她的眼圈可紅了，弟弟在她的拍哄中漸漸睡着了。

前幾天，一個管宋媽叫大嬸兒的小伙子來了，他來住兩天，想找活兒作。他會用鐵絲給大門的電燈編燈罩兒，免得燈泡兒被賊偷走。宋媽問他說：

「你上京來的時候，看見我們小栓子好吧？」

「嗯。」他好像吃了一驚，瞪着眼珠：「我倒沒看見，我是打劉村我舅舅那兒來的！」

「噢。」宋媽懷着心思地呆了一下，又問：「你打你舅舅那兒來的，那，俺們丫頭子給劉村的金子他媽奶着，你可聽說孩子結實嗎？」

「哦？」他又是一驚，「沒——沒聽說。準沒錯兒，放心吧！」

停一下他可又說：

“大嬸兒，您要能回趟家看看也好，三四年沒回去啦！”

等到這個小伙子走了，宋媽跟媽媽說，她聽了她侄子的話，吞吞吐吐的，很不放心。

媽媽安慰她說：

“我看你這侄兒不正經，你聽，他一會兒打你們家來，一會兒打他舅舅家來。他自己的話都對不上，怎麼能知道你家孩子的事呢！”

宋媽還是不放心，她說：

“打今年個一開年，我心裏就老不順序，做了好幾回夢啦！”

她叫了算命的給解夢。禮拜那天又叫我替她寫信。她老家的地名我已經背下了：順義縣牛欄山馮村妥交馮大明吾夫平安家信。

“唸書多好，看你九歲就會寫信，出門丟不了啦！”

“信上說什麼？”我拿着筆，鋪一張信紙，逞起能來。

“你就寫呀，家裏大小可平安？小栓子到野地裏放牛要小心，別儘顧得下水裏玩，我給做好了兩雙鞋一套褲褂。丫頭子那兒別忘了到時候送錢去！給人家多道道乏。拿回去的錢前後快二百塊了，後坡的二分地該贖就贖回來，省得老種人家的地。還有，我這兒倒是平安，就是惦記着孩子，趕下個月要來的時候，把栓子帶來我瞅瞅也安心。還有，……”

“這封信太長了！”我攔住她沒完沒了的話，“還是讓爸爸寫吧！”

爸爸給她寫的信寄出去，宋媽這幾天很高興。現在，她問弟弟說：

“要是小栓子來，你的新板凳給不給他坐？”

“給呀！”弟弟說着立刻就站起來。

“我也給。”珠珠說。

“等小栓子來，跟我一塊兒上附小唸書好不好？”我說。

“那敢情好，只要你媽答應讓他在這兒住着。”

“我去說！我媽媽很聽我的話。”

“小栓子來了，你們可別笑他呀，英子，你可是頂能笑話人！他是鄉下

（上）院門口堆放的家什。　誰家沒有？水缸、鹹菜罈子、砂鍋、蒸鍋……，這就是生活。
（攝於前章胡同〔原前張胡同〕）

（下）石基座和老缸，來歷不淺。　明清內官署管轄的惜薪司、內織染局、火藥局、內敎
場、石作等，許多成了古城街巷的名稱，大石作胡同即出於此。（攝於大石作胡同）

竹車。　大約許多人小的時候，在這樣的竹車裏，吃喝拉撒，被大人哄着，餵着，推着，後來也成了大人。（攝於大石作胡同）

人，可土着呢！”宋媽說得彷彿小栓子等會兒就到似的。她又看看我說：

“英子，他準比你高，四年了，可得長多老高呀！”

宋媽高興得抱起燕燕，放在她的膝蓋上。膝蓋頭顛呀顛的，她唱起她的歌：

“雞蛋雞蛋殼殼兒，裏頭坐個哥哥兒，哥哥出來賣菜，裏頭坐個奶奶，奶奶出來燒香，裏頭坐個姑娘，姑娘出來點燈，燒了鼻子眼睛！”

她唱着，用手扳住燕燕的小手指，指着鼻子和眼睛，燕燕笑得喀喀的。

宋媽又唱那快板兒的：

“槐樹槐，槐樹槐，槐樹底下搭戲台，人家姑娘都來到，就差我的姑娘還沒來；說着說着就來了，騎着驢，打着傘，光着屁股挽着髻……”

太陽斜過來了，金黃的光從樹葉縫裏透過來，正照着我的眼，我隨着宋媽的歌聲，斜頭躲過晃眼的太陽，忽然看見遠遠的胡同口外，一團黑在動着。我舉起手遮住陽光仔細看，真是一匹小驢，得、得、得地走過來了。趕驢的人，藍布的半截褂子上，蒙了一層黃土。喲！那不是黃板兒牙嗎？我喊宋媽：

"你看，真有人騎驢來了！"

宋媽停止了歌聲，轉過頭去呆呆地看。

黃板兒牙一聲："窩——哦！"小驢停在我們的面前。

宋媽不說話，也不站起來，剛才的笑容沒有了，繃着臉，眼直直瞅着她的丈夫，彷彿等什麼。

黃板兒牙也沒說話，撲撲地撣打他的衣服，黃土都飛起來了。我看不起他！拿手搗着鼻子。他又摘下了草帽搧着，不知道跟誰說：

"好熱呀！"

宋媽這才好像忍不住了，問說：

"孩子呢？"

"上——上他大媽家去了。"他又抬起腳來撣鞋，沒看宋媽。他的白布的襪子都變黃了；那也是宋媽給做的。他的襪子像鞋一樣，底子好幾層，細針密線兒納出來的。

我看着驢背上的大麻袋，不知道裏面這回裝的是什麼。黃板兒牙把口袋拿下來解開了，從裏面掏出一大捧烤得倍兒乾的掛落棗給我，咬起來是脆的，味兒是辣的，香的。

"英子，你帶珠珠上小紅她們家玩去，掛落棗兒多拿點兒去，分給人家吃。"宋媽說。

我帶着珠珠走了，回過頭看，宋媽一手收拾起四個新板凳，一手抱燕燕，弟弟拉着她的衣角，他們正向家裏走。黃板兒牙牽起小叫驢，走進我家門，他準又要住一夜。他的驢滿地打滾兒，爸爸種的花草，又要被糟踐了。

等我們從小紅家回來，天都快黑了，掛落棗沒吃幾個，小紅用細繩穿好全給我掛在脖子上了。

進門看見宋媽和她丈夫正在門道裏。黃板兒牙坐在我們的新板凳上發呆，宋媽蒙着臉哭，不敢出聲兒。

屋裏已經擺上飯菜了。媽媽在餵燕燕吃飯，皺着眉，抿着嘴，又搖頭又嘆氣，神氣挺不對。

"媽，"我小聲地叫，"宋媽哭呢！"

媽媽向我輕輕地擺手，禁止我說話。

什麼事情這樣的重要？

"宋媽的小栓子已經死了，"媽媽沙着嗓子對我說，她又轉向爸爸："唉！已經死了一兩年，到現在才說出來，怪不得宋媽這一陣子總是心不安，一定要叫她丈夫來問問。他侄子那次來，是話裏有意思的。兩件事一齊發作，叫人怎麼受！"

爸爸也搖頭嘆息着，沒有話可說。

我聽了也很難過，不知道另外還有一件事是什麼，又不敢問。

媽媽叫我去喊宋媽來，我也感覺是件嚴重的事，到門道裏，不敢像每次那樣大聲喝叱她，我輕輕地喊：

"宋媽，媽叫你呢！"

宋媽很不容易地止住抽噎的哭聲，到屋裏來。媽對她說：

"你明天跟他回家去看看吧，你也好幾年沒回去了。"

"孩子都沒了，我還回去幹麼？不回去了，死也不回去了！"宋媽紅着眼狠狠地說，並且接過媽媽手中的湯匙餵燕燕，好像這樣就表示她呆定在我們家不走了。

"你家丫頭子到底給了誰呢？能找回來嗎？"

"好狠心呀！"宋媽恨得咬着牙，"那年抱回去，敢情還沒出哈德門，他就把孩子給了人，他說沒要人家錢，我就不信！"

"給了誰，有名有姓，就有地方找去。"

"說是給了一個趕馬車的，公母倆四十歲了沒兒沒女，誰知道他說的是真話假話！"

"問清楚了找找也好。"

原來是這麼一回事兒，宋媽成年跟我們念叨的小栓子和丫頭子，這一下都沒有了。年年宋媽都給他們兩個做那麼多衣服和鞋子，她的丈夫都送給了誰？

（左）日月門神畫像。　　一曰秦（瓊）叔寶，二曰尉遲（恭）敬德。（攝於東新開胡同）

（右）無題。　　這裏仍住着一些平民百姓，似乎也成了一條胡同，只是沒有個名。（攝於故宮東牆外）

舊花棉被裹裹着的那個小嬰孩，到了誰家了？我想問小栓子是怎麼死的，可是看着宋媽的紅腫的眼睛，就不敢問了。

"我看你還是回去。"媽媽又勸她，但是宋媽搖搖頭，不說什麼，儘管流淚。她一匙一匙地餵燕燕，燕燕也一口一口地吃，但兩眼卻盯着宋媽看。因為宋媽從來沒有這個樣子過。

宋媽照樣地替我們四個人打水洗澡，每個人的臉上，脖子上撲上厚厚的痱子粉，照樣把弟弟和燕燕送上了牀。只是她今天沒有心思再唱她的打火連兒的歌兒了，光用扇子撲呀撲呀搧着他們睡了覺。一切都照常，不過她今天沒有吃晚飯，把她的丈夫扔在門道兒裏不理他。他呢，正用打火石打亮了火，巴達巴達地抽着旱煙袋。小驢大概餓了，它在地上臥着，忽然仰起脖子一聲高叫，多麼難聽！黃板兒牙過去打開了一袋子乾草，它看見吃的，一翻滾，站起來，小

隨牆門門額的磚雕。　上額三瓦當雕飾篆文：萬物咸成・延年益壽・長樂未央；下額石雕為⼗字和如意圖案，寓萬事如意；兩側蝙蝠啣着繫帶的雙錢兒，寓福在眼前。我不大敢相信，那吉祥富貴的話語圖紋會給住戶人家帶來什麼福音。幾百年了，現在過節，每家每戶的門上仍貼上大金大紅的"福"。（攝於西長安街賢效里〔原成公府夾道・賢孝里〕）

半扇大門。　（攝於樺皮廠胡同）

蹄子把爸爸種在花池子邊的玉簪花又給踩倒了兩三棵。驢子吃上乾草了，鼻子一抽一抽的，大黃牙齒露着。怪不得，奶媽的丈夫像誰來着，原來是它！宋媽為什麼嫁給黃板兒牙，這蠢驢！

　　第二天早上我起來，朝窗外看去，驢沒了，地上留了一堆糞球，宋媽在打掃。她一抬頭看見了我，招手叫我出去。

　　我跑出來，宋媽跟我説：

　　"英子，別亂跑，等會跟我出趟門，你識字，幫我找地方。"

　　"到哪兒去？"我很奇怪。

　　"到哈德門那一帶去找找——"説着她又哭了，低下頭去，把驢糞撮進簸箕裏，眼淚掉在那上面，"找丫頭子。"

　　"好。"我答應着。

　　宋媽和我偷偷出去的，媽媽哄着弟弟他們在房裏玩。出了門走不久，宋媽就後悔了：

皇宮邊上的住宅區。 要拆除了，平民要離開了。這是 2003 年 4 月的事。"我們的新居卻給了我很新鮮的感覺；它位於紫禁城邊，是離舊皇宮最近的地方。紫禁城在有皇帝的時代，老百姓是要止步的，但是民國以來皇宮開放後，它便是最理想的住宅區了。我們家的東面是中山公園，北面是北海之路，向西去便是中南海。"——林海音《婚姻的故事》(攝於南長街養廉胡同〔老爺廟後巷併入〕)

"應當把弟弟帶着，他回頭看不見我準得哭，他一時一刻也沒離開過我呀！"

就是為了這個，宋媽才一年年留在我家的，我這時仗着膽子問：

"小栓子怎麼死的？宋媽。"

"我不是跟你説過，馮村的後坡下有條河嗎？……"

"是呀，你説，叫小栓子放牛的時候要小心，不要淨顧得玩水。"

"他掉在水裏死的時候，還不會放牛呢，原來正是你媽媽生燕燕那一年。"

"那時候黃板——嗯，你的丈夫做什麼去了？"

"他説他是上地裏去了，他要不是上後坡草棚裏耍錢去才怪呢！準是小栓子餓了一天找他要吃的去，給他轟出來了。不是上草棚，走不到後坡的河裏去。"

"還有，你的丈夫為什麼要把小丫頭子送給人？"

"送了人不是更鬆心嗎？反正是個姑娘不值錢。要不是小栓子死了！丫頭子，我不要也罷。現在我就不能不找回她來，要花錢就花吧。"

宋媽説，我們從絨線胡同走，穿過兵部窪、中街、西交民巷，出東交民巷就是哈德門大街。我在路上忽然又想起一句話。

"宋媽，你到我們家來，丟了兩個孩子不後悔嗎？"

"我是後悔——後悔早該把俺們小栓子接進城來，跟你一塊兒唸書認字。"

"你要找到丫頭子呢，回家嗎？"

"嗯。"宋媽瞎答應着，她並沒有聽清我的話。

我們走到西交民巷的中國銀行門口，宋媽在石階上歇下來，過路來了一個賣吃的也停在這兒。他支起木架子把一個方木盤子擺上去，然後掀開那塊蓋布，在用黃色的麵粉做一種吃的。

"宋媽，他在做什麼？"

"啊？"宋媽正看着磚地在發楞，她抬起頭來看看説，"那叫驢打滾兒。把黃米麵蒸熟了，包黑糖，再在綠豆粉裏滾一滾，挺香，你吃不吃？"

吃的東西起名叫"驢打滾兒"，很有意思，我哪有不吃的道理！我嚥嚥唾沫點點頭，宋媽掏出錢來給我買了兩個。她又多買了幾個，小心地包在手絹裏，我説：

"是買給丫頭子的嗎？"

出了東交民巷，看見了熱鬧的哈德門大街了，但是往哪邊走？我們站在美

護牆石。　（攝於香爐營東巷與香爐營四條的叉口）

　　宋媽很興奮，直向那人道謝，然後她拉着我的手向胡同裏走去。這是一條死胡同，走到底，是個小黑門，門雖關着，一推就開了，院子裏有兩三個孩子在玩土。

　　"勞駕，找人哪！"宋媽大聲喊。

　　其中一個小孩子就向着屋裏高聲喊了好幾聲：

　　"姥姥，有人找。"

　　屋裏出來了一位老太太，她耳朵聾，大概眼睛也快瞎了，竟沒有看見我們站在門口，孩子們說話她也聽不見，直到他們用手指着我們，她才向門口走來。宋媽大聲地喊：

　　"您這院裏住幾家子呀？"

　　"啊啊就一家。"老太太用手罩着耳朵才聽見。

寺呢？　　此地原稱福祥寺胡同，以有其寺廟而名。後來，不單是稱呼上去了"寺"字，真寺也蕩然無存。據 1929 年調查，北京城郊佛寺共 1033 所，現在不知所剩幾多。（攝於福祥胡同）

"您可有個姑娘呀？"

"有呀，你要找孩子他媽呀？"她指着三個男孩子。

宋媽搖搖頭，知道完全不對頭了，沒等老太太說完就說：

"找錯人了！"

我們從哈德門裏走到哈德門外，一共看見了三家馬車行，都問得人家直搖頭。我們就只好照着原路又走回來，宋媽在路上一句話也不說，半天才想起什麼來，對我說：

"英子，你走累了吧？咱們坐車好不？"

我搖搖頭，仰頭看宋媽，她用手使勁捏着兩眉間的肉，閉上眼，有點站不穩，好像要昏倒的樣子。她又問我：

"餓了吧？"說着就把手巾包打開，拿出一個剛才買的驢打滾兒來，上面的綠豆粉已經被黃米麵溶濕了。我嘴裏唸了一聲："驢打滾兒！"接過來，放在嘴裏。

我對宋媽說：

"我知道為什麼叫驢打滾兒了，你家的驢在地上打個滾起來，屁股底下總有這麼一堆。"我提起一個給她看，"像驢糞球不？"

我是想逗宋媽笑的，但是她不笑，只說：

"吃罷！"

半個月過去，宋媽說，她跑遍了北京城的馬車行，也沒有一點點丫頭的影子。

樹蔭底下聽不見馮村後坡上小栓子放牛的故事了；看不見宋媽手裏那一雙雙厚鞋底了；也不請爸爸給寫平安家信了。她總是把手上的銀鐲子轉來轉去地呆看着，沒有一句話。

冬天又來了，黃板兒牙又來了，宋媽把他撂在下房裏一整天，也不跟他說話。這是下雪的晚上，我們吃過晚飯擠在窗前看院子。宋媽把院子的電燈捻開，燈光照在白雪上，又平又亮。天空還在不斷地落着雪，一層層鋪上去。宋媽餵燕燕吃凍柿子，我唸着國文上的那課叫做"下雪"的：

一片一片又一片，

兩片三片四五片，

六片七片八九片，

飛入蘆花都不見。

老師說，這是一個不會做詩的皇帝做的詩，最後一句還是他的臣子給接上去的。但是唸起來很順嘴，很好聽。

媽媽在燈下做燕燕的紅緞子棉襖，棉花撕得小小的、薄薄的，一層層地鋪上去。媽媽說：

朱彝尊"古藤書屋"的最後片瓦。 康熙十八年（1697）以布衣之身被選進翰林院編修《明史》的朱彝尊（浙江嘉興人），後謫居宣武門外海波寺街，院內有紫藤兩株，故寓所取名"古藤書屋"，並從事了《日下舊聞》的查訪和編著。二年後，撰寫刊印，此書，成為記載古城歷史的重要文獻。朱彝尊與林海音，兩故居近幾咫尺，前者，正在拆除，後者，面目皆非。夜色降臨，我們記錄了最後的殘片——古幹低垂，瓦草飄零，以示記黃。其他已故的不少學者、作家等諸大師們的故居書屋，同它們差不多，都在悄無聲息地伴着我悄無聲息的悲衷消逝了。也許，這消逝，正是敦促我們再去看他們的書，"得其神，忘其形"吧。（攝於宣武海柏胡同〔原海北（波）寺街。澧陽館夾道併入〕16號）

"把你當家的叫來，信是我請老爺偷着寫的，你跟他回去吧，明年生了兒子再回這兒來。是兒不死，是財不散，小栓子和丫頭子，活該命裏都不歸你，有什麼辦法！你不能打這兒起就不生養了！"

宋媽一聲不言語，媽媽又問：

"你瞧怎麼樣？"

宋媽這才說：

“也好，我回家跟他算帳去！”

爸爸和媽媽都笑了。

“這幾個孩子呢？”宋媽說。

“你還怕我虧待了他們嗎？”媽媽笑着說。

宋媽看着我說：

“你唸書大了，可別欺侮弟弟呀！別淨給他跟你爸爸告狀，他小。”

弟弟已經倒在椅子上睡着了，他現在很淘氣，常常爬到桌子上翻我的書包。

宋媽把弟弟抱到牀上去，她輕輕給弟弟脫鞋，怕驚醒了他。她嘆口氣說：“明天早上看不見我，不定怎麼鬧。”她又對媽媽說：“這孩子脾氣強，叫老爺別動不動就打他；燕燕這兩天有點咳嗽，您還是拿鴨兒梨燉冰糖給她吃；英子的毛窩我帶回去做，有人上京就給捎了來；珠珠的襪子都該補了。還有，……我看我還是……唉！”宋媽的話沒有說完，就不說了。

媽媽把摺子拿出來；叫爸爸唸着，算了許多這錢那錢給她；她毫不在乎

落寂。（攝於後青廠胡同順德館夾道）

護城河一帶的老橋樁。 橋樁是木頭的，儘管知道它要被長年水流浸泡沖刷。當初建造時，人們那麼精心，用結實的整根圓木，幾百根一齊上，結構合理，質材密集，橫的、直的、斜的，交錯穿插；上上下下左左右右的一道又一道的鐵箍圈和數不清的螺釘，證明人當時不敢稍有一點省工省力之嫌……。這木橋經了歲月，經了風雨，經了無數人的走來踏去，仍然健在！我拍它的時候仍健在。前幾年，上面有話，給拆了，弄了個水泥的。牢固可能牢固吧，但也缺少了這木椿林立的景致。（攝於西便門甘雨橋）

地接過錢，數也不數，笑得很慘：

"說走就走了！"

"早點睡覺吧，明天你還得起早。"媽媽說。

宋媽打開門看看天說。

"那年個；上京來的那天也是下着鵝毛大雪，一晃兒，四年了。"

她的那件紅棉襖，也早就拆了，舊棉花換了榧子兒，泡了梳頭用，面子和裏子給小栓子納鞋底用了。

"媽，宋媽回去還來不來了？"我躺在牀上問媽媽。

媽媽擺手叫我小聲點兒，她怕我吵醒了弟弟，她輕輕地對我說：

"英子，她現在回去，也許到明年的下雪天又來了，抱着一個新的娃娃。"

"那時候她還要給我們家當奶媽吧?那您也再生一個小妹妹。"

"小孩子胡説!"媽媽擺着正經臉罵我。

"明天早上誰給我梳辮子?"我的頭髮又黃又短,很難梳,每天早上總是跳腳催着宋媽,她就要罵我:"催慣了,趕明兒要上花轎了也這麼催,多寒蠢!"

"明天早點兒起來,還可以趕着讓宋媽給你梳了辮子再走。"媽媽説。

天剛矇矇亮,我就醒了,聽見窗外沙沙的聲音,我忽然想起一件事,趕快起牀下地跑到窗邊向外看,雪停了,乾樹枝上掛着雪,小驢拴在樹幹上,它一動彈,樹枝上的雪就抖落下來,掉在驢背上。

雪天,可以令人咀嚼無色界的滋味。　　(攝於花園宮東巷)

我輕輕地穿上衣服出去，到下房找宋媽，她看我這樣早起來嚇一跳。我說：

"宋媽，給我梳辮子。"

她今天特別的和氣，不嘮叨我了。

小驢兒吃好了早點，黃板兒牙把它牽到大門口，被褥一條條地搭在驢背上，好像一張沙發椅那麼厚，騎上去一定很舒服。

宋媽打點好了，她把一條毛線大圍巾包住頭，再在脖子上繞兩繞。她跟我說：

"我不叫醒你媽了，稀飯在火上燉着呢！英子，好好唸書，你是大姐，要有個大姐樣兒。"說完她就盤腿坐在驢背上，那姿勢真叫絕！

黃板兒牙拍了一下驢屁股，小驢兒朝前走，在厚厚雪地上印下一個個清楚的蹄印兒。黃板兒牙在後面跟着驢跑，嘴裏喊着："得、得、得、得。"

驢脖子上套了一串小鈴鐺，在雪後新清的空氣裏，響得真好聽。

老樹幹和教堂天頂的十字架。 教堂北邊的整片老屋都拆光了，殘瓦遍地，只剩有幾株半枯的老椿樹依然挺立，枝椏上竟還長出椿芽椿葉，香氣四溢，但原先聞香椿葉的百姓們不知已分遷到何方了。教堂稱南堂，位於宣武門內順城街，由意大利傳教士利瑪竇始建經堂於此。清順治七年（1650），德國傳教士湯若望在其舊址改建大堂，名"無玷始胎聖母堂"。附近還建有司譯的住宅和天文台、藏書樓、儀器室等。（攝於宣武門內順城街）

新建的大禮堂裏，坐滿了人；我們畢業生坐在前八排，我又是坐在最前一排的中間位子上。……

爸爸的花兒落了

新建的大禮堂裏，坐滿了人；我們畢業生坐在前八排，我又是坐在最前一排的中間位子上。我的襟上有一朵粉紅色的夾竹桃，是臨來時媽媽從院子裏摘下來給我別上的，她說：

"夾竹桃是你爸爸種的，戴着它，就像爸爸看見你上台一樣！"

爸爸病倒了，他住在醫院裏不能來。

昨天我去看爸爸，他的喉嚨腫脹着，聲音是低啞的。我告訴爸，行畢業典禮的時候，我代表全體同學領畢業證書，並且致謝詞。我問爸，能不能起來，參加我的畢業典禮？六年前他參加了我們學校的那次歡送畢業同學同樂會時，曾經要我好好用功，六年後也代表同學領畢業證書和致謝詞。今天，"六年後"到了，老師真的選了我做這件事。

爸爸啞着嗓子，拉起我的手笑笑說：

"我怎麼能夠去？"

但是我說：

"爸爸，你不去，我很害怕，你在台底下，我上台說話就不發慌了。"

爸爸說：

"英子，不要怕，無論什麼困難的事，只要硬着頭皮去做，就闖過去了。"

"那麼爸不也可以硬着頭皮從牀上起來，到我們學校去嗎？"

爸爸看着我，搖搖頭，不說話了。他把臉轉向牆那邊，舉起他的手，看那上面的指甲。然後，他又轉過臉來叮囑我：

"明天要早起，收拾好就到學校去，這是你在小學的最後一天了，可不能遲到啊！"

"我知道，爸爸。"

"沒有爸爸，你更要自己管自己，並且管弟弟和妹妹，你已經大了，是不是，英子？"

"是。"我雖然這麼答應了，但是覺得爸爸講的話很使我不舒服，自從六年前的那一次，我何曾再遲到過？

當我上一年級的時候，就有早晨賴在牀上不起牀的毛病。每天早晨醒來，看到陽光照到玻璃窗上了，我的心裏就是一陣愁：已經這麼晚了，等起來，洗臉，紮辮子，換制服，再到學校去，準又是一進教室被罰站在門邊，同學們的眼光，會一個

陽光。　夏日的陽光，抱住了銀杏樹，有拱門的老屋坐落遠處，它望着，似乎守護着什麼。這是基督教公理會貝滿女中舊址。　（攝於燈市口大街）

（左）東交民巷外國銀行舊址。 "東交民巷代稱使館界。當時佈局是：街南自西而東依次為美國兵營、美國使館、荷蘭使館、花旗銀行、東方匯理銀行、匯豐銀行、德國使館、怡和洋行、比國使館、德國兵營；街北自西向東依次為法國醫院、參加得銀行、俄國兵營、日本正金銀行、西班牙使館、日本使館、法國使館、天主堂、德華銀行、德國兵營、美國同仁醫院。"（陳文良《北京傳統文化便覽》）

（右）棋院舊址。 舊時京城，上至王公貴戚，下至百姓販夫，皆喜下象棋，茶棚棋館遍佈城中各角落，尤以天橋一帶最為集中。（攝於西舊簾子胡同）

個向你投過來，我雖然很懶惰，可也知道害羞呀！所以又愁又怕，每天都是懷着恐懼的心情，奔向學校去。最糟的是爸爸不許小孩子上學坐車的，他不管你晚不晚。

有一天，下大雨，我醒來就知道不早了，因為爸爸已經在吃早點。我聽着、望着大雨，心裏愁得不得了。我上學不但要晚了，而且要被媽媽打扮得穿上肥大的夾襖（是在夏天！），和踢拖着不合腳的油鞋，舉着一把大油紙傘，走向學校去！想到這麼不舒服地上學，我竟有勇氣賴在牀上不起來了。

等一下，媽媽進來了。她看見我還沒有起牀，嚇了一跳，催促着我，但是我皺緊了眉頭，低聲向媽哀求說：

"媽，今天晚了，我就不去上學了吧？"

媽媽就是做不了爸爸的主意，當她轉身出去，爸爸就進來了。他瘦瘦高高的，站在牀前來，瞪着我：

"怎麼還不起來，快起！快起！"

"晚了！爸！"我硬着頭皮說。

"晚了也得去，怎麼可以逃學！起！"

一個字的命令最可怕，但是我怎麼啦！居然有勇氣不挪窩。

爸氣極了，一把把我從牀上拖起來，我的眼淚就流出來了。爸左看右看，結果

《燕都叢考》："二條胡同，郭篠麓之藝圃在焉。"（攝於東四二條與三條的貫通巷）

從桌上抄起雞毛撣子倒轉來拿，籐鞭子在空中一掄，就發出咻咻聲音，我挨打了！

爸把我從牀頭打到牀角，從牀上打到牀下，外面的雨聲混合着我的哭聲。我哭號，躲避，最後還是冒着大雨上學去了。我是一隻狼狽的小狗，被宋媽抱上了洋車——第一次花五大枚坐車去上學。

我坐在放下雨篷的洋車裏，一邊抽抽答答地哭着，一邊撩起褲腳來檢查我的傷痕。那一條條鼓起的鞭痕，是紅的，而且發着熱。我把褲腳向下拉了拉，遮蓋住最下面的一條傷痕，我怕同學恥笑我。

雖然遲到了，但是老師並沒有罰我站，這是因為下雨天可以原諒的緣故。

老師教我們先靜默再讀書。坐直身子，手背在身後，閉上眼睛，靜靜地想五分鐘。老師說：想想看，你是不是聽爸媽和老師的話？昨天的功課有沒有做好？今天的功課全帶來了嗎？早晨跟爸媽有禮貌地告別了嗎？……我聽到這兒，鼻子抽達了一大下，幸好我的眼睛是閉着的，淚水不至於流出來。

正在靜默的當中，我的肩頭被拍了一下，急忙地睜開了眼，原來是老師站在我的位子邊。他用眼勢告訴我，教我向教室的窗外看去，我猛一轉頭看，是爸爸那瘦高的影子！

我剛安靜下來的心又害怕起來了！爸為什麼追到學校來？爸爸點頭示意招我出去。我看看老師，微求他的同意，老師也微笑地點點頭，表示答應我出去。

我走出了教室，站在爸面前。爸沒說什麼，打開了手中的包袱，拿出來的是我的花夾襖。他遞給我，看着我穿上，又拿出兩個銅子兒來給我。

後來怎麼樣了，我已經不記得，因為那是六年以前的事了。只記得，從那以後，到今天，每天早晨我都是等待着校工開大鐵柵校門的學生之一。冬天的清晨站在校門前，戴着露出五個手指頭的那種手套，舉了一塊熱乎乎的烤白薯在吃着。夏天的早晨站在校門前，手裏舉着從花池裏摘下的玉簪花，送給親愛的韓老師，她教我唱歌跳舞。

啊！這樣的早晨，一年年都過去了，今天是我最後一天在這學校裏啦！

噹噹噹，鐘響了，畢業典禮就要開始。看外面的天，有點陰，我忽然想，爸爸會不會忽然從牀上起來，給我送來花夾襖？我又想，爸爸的病幾時才能好？媽媽今早的眼睛為什麼紅腫着？院裏大盆的石榴和夾竹桃今年爸爸都沒有給上麻渣，他為

日本人以前開設的診療所。　（攝於西打磨廠胡同）

了叔叔給日本人害死，急得吐血了，到了五月節，石榴花沒有開得那麼紅，那麼大。如果秋天來了，爸還要買那樣多的菊花，擺滿在我們的院子裏，廊簷下，客廳的花架上嗎？

爸是多麼喜歡花。

每天他下班回來，我們在門口等他，他把草帽推到頭後面抱起弟弟，經過自來水龍頭，拿起灌滿了水的噴水壺，唱着歌兒走到後院來。他回家來的第一件事就是澆花。那時太陽快要下去了，院子裏吹着涼爽的風，爸爸摘下一朵茉莉插到瘦雞妹妹的頭髮上。陳家的伯伯對爸爸說：「老林，你這樣喜歡花，所以你太太生了一堆女兒！」我有四個妹妹，只有兩個弟弟，我才十二歲。……

我為什麼總想到這些呢？韓主任已經上台了，他很正經地說：

「各位同學都畢業了，就要離開上了六年的小學到中學去讀書，做了中學生就不是小孩子了，當你們回到小學來看老師的時候，我一定高興看你們都長高了，長大了……」

於是我唱了五年的驪歌，現在輪到同學們唱給我們送別：

「長亭外，古道邊，芳草碧連天。……問君此去幾時來，來時莫徘徊！天之涯，地之角，知交半零落，人生難得是歡聚，惟有別離多……」

我哭了，我們畢業生都哭了。我們是多麼喜歡長高了變成大人，我們又是多麼怕呢！當我們回到小學來的時候，無論長得多麼高，多麼大，老師！你們要永遠拿我當個孩子呀！

做大人，常常有人要我做大人。

宋媽臨回她的老家的時候說：

「英子，你大了，可不能跟弟弟再吵嘴！他還小。」

蘭姨娘跟着那個四眼狗上馬車的時候說：

「英子，你大了，可不能招你媽媽生氣了！」

蹲在草地裏的那個人說：

「等到你小學畢業了，長大了，我們看海去。」

雖然，這些人都隨着我長大沒了影子了。是跟着我失去的童年也一塊兒失去了嗎？

爸爸也不拿我當孩子了，他說：

"英子，去把這些錢寄給在日本讀書的陳叔叔。"

"爸爸！——"

"不要怕，英子，你要學做許多事，將來好幫着你媽媽。你最大。"

於是他數了錢，告訴我怎樣到東交民巷的正金銀行去寄這筆錢——到最裏面的枱子上去要一張寄款單，填上"金柒拾圓也"，寫上日本橫濱的地址，交給櫃台裏的小日本兒！

原日本正金銀行舊址。 "我心情緊張地手裏捏緊一捲鈔票到銀行去。等到從最高台階的正金銀行出來，看着東交民巷街道中的花圃種滿了蒲公英，我高興地想：闖過來了，……"——林海音《城南舊事》（攝於東交民巷與正義路的拐口）

　　我雖然很害怕，但是也得硬着頭皮去。——這是爸爸說的，無論什麼困難的事，只要硬着頭皮去做，就闖過去了。

　　"闖練，闖練，英子。"我臨去時爸爸還這樣叮囑我。

　　我心情緊張地手裏捏緊一捲鈔票到銀行去。等到從最高台階的正金銀行出來，看着東交民巷街道中的花圃種滿了蒲公英，我高興地想：闖過來了，快回家去，告訴爸爸，並且要他明天在花池裏也種滿了蒲公英。

　　快回家去！快回家去！拿着剛發下來的小學畢業文憑——紅絲帶子繫着的白紙筒，催着自己，我好像怕趕不上什麼事情似的，為什麼呀？

　　進了家門，靜悄悄的，四個妹妹和兩個弟弟都坐在院子裏的小板凳上，他們在玩沙土，旁邊的夾竹桃不知什麼時候垂下了好幾枝子，散散落落的很不像樣，是因為爸爸今年沒有收拾它們——修剪、捆紮和施肥。

　　石榴樹大盆底下也有幾粒沒有長成的小石榴；我很生氣，問妹妹們：

　　"是誰把爸爸的石榴摘下來的？我要告訴爸爸去！"

妹妹們驚奇地睜大了眼，她們搖搖頭說：“是它們自己掉下來的。”

我撿起小青石榴。缺了一根手指頭的廚子老高從外面進來了，他說：

“大小姐，別說什麼告訴你爸爸了，你媽媽剛從醫院來了電話，叫你趕快去，你爸爸已經……”

他為什麼不說下去了？我忽然着急起來，大聲喊着說：

“你說什麼？老高。”

“大小姐，到了醫院，好好兒勸勸你媽，這裏就數你大了！就數你大了！”

瘦雞妹妹還在搶燕燕的小玩意兒，弟弟把沙土灌進玻璃瓶裏。是的，這裏就數我大了，我是小小的大人。我對老高說：

“老高，我知道是什麼事了，我就去醫院。”我從來沒有過這樣的鎮定，這樣的安靜。

我把小學畢業文憑，放到書桌的抽屜裏，再出來，老高已經替我僱好了到醫院的車子。走過院子，看那垂落的夾竹桃。我默念着：

爸爸的花兒落了

我也不再是小孩子。

（左）**積雪的燈傘。** 一個燈傘，洋式的，舊的。雪，積在它上面。石額上還有什麼“辦事處”字樣，現在是個郵電局。（攝於西交民巷）

（右）**一段老圍牆，正對着新華門。** （攝於西長安街）

西沉。

多少年後，城南遊藝園改建成屠宰場，偶然從那裏經過，便不勝今昔之感。

後記

我曾寫過一篇題名 "憶兒時" 的小稿，現在把它鈔錄在下面：

我的興趣很廣泛，也很平凡。我喜歡熱鬧怕寂寞，從小就愛往人羣裏鑽。

記得小時在北平的夏天晚上，搬個小板凳擠在大人羣裏聽鬼故事，越聽越怕，越怕越聽。猛一回頭，看見黑黝黝的夾竹桃花盆裏，小貓正在捉壁虎，不禁嚇得呀呀亂叫。但是把板凳往前挪挪，仍是慫恿大人講下去。

在我七、八歲的時候，北平有一種穿街繞巷的 "唱話匣子的"，給我很深刻的印象。也是在夏季，每天晚飯後，抹抹嘴急忙跑到大門外去張望。先是賣晚香玉的來了；用晚香玉串成美麗的大花籃，一根長竹竿上掛着五、六隻，婦女們喜歡買來掛在臥室裏，晚上滿室生香。再過一會兒，"換電燈泡兒的" 又過來了。他背着匣子，裏面全是新新舊舊的燈泡，貼幾個錢，拿家裏斷了絲的跟他換新的。到今天我還不明白，他拿了舊燈泡去做什麼用。然後，我最盼望的 "唱話匣子的" 來了，看見那人背着 "話匣子"（後來改叫留聲機，現在要說電唱機了），提着勝利公司商標上那個狗聽留聲機的那種大喇叭。我就飛跑進家，一定要求母親叫他進來。母親被攪不過，總會依了我。只要母親一答應，我又拔腳飛跑出去，還沒跑出大門就大聲喊：

"唱話匣子的！別走！別走！"

其實那個唱話匣子的看見我跑進家去，當然就會在門口等着，不得到結果，他是不會走掉的。講價錢的時候，門口圍上一羣街坊的小孩和老媽子。講

(上)簡樸的四合院灰磚房。　　不管它坐落哪裏，你會讀出住在裏面的人那沉靜、舒心而專注的工作和研究，你會讀出那活潑認真的生活。環境雅潔——居人安寧。（攝於北新華街）

(下)門聯：長處於世，須尊所聞。　　四合院之院門，門板上常有門聯雕刻，常見"忠厚傳家，詩書繼世"，"風雲變態，花草精神"，"善為至寶，德作良謀"……（攝於惜水胡同〔原苦水井〕）

好價錢進來，圍着的人就會捱捱蹭蹭地跟進來，北平話叫做"聽蹭兒"。我有時大大方方地全讓他們進來；有時討厭哪一個便推他出去，把大門砰的一關，好不威風！

唱話匣子的人，把那大喇叭按在匣子上，然後裝上百代公司的唱片。片子轉動了，先是那兩句開場曰："百代公司特請梅蘭芳老闆唱宇宙鋒"，金剛鑽的針頭在早該退休的唱片上磨擦出吱吱咋咋的聲音，嚓嚓啦啦地唱起來了；有時像貓叫，有時像破鑼。如果碰到新到的唱片，還要加價呢！不過因為熟主顧，最後總會饒上一片"洋人大笑"，還沒唱呢，大家就笑起來了，等到真正洋人大笑時，大夥兒更笑得兇，鬧烘烘地演出了皆大歡喜的"大團圓"結局。

母親時代的兒童教育和我們現代不同，比如媽媽那時候交給老媽子一塊錢（多麼有用的一塊錢！），叫她帶我們小孩子到"城南遊藝園"去，就可以消磨一整天和一整晚。沒有人說這是不合理的。因為那時候的母親並不注重"不要帶兒童到公共場所"的教條。

那時候的老媽子也真夠厲害，進了遊藝園就得由她安排，她愛聽張笑影的文明戲"鋸碗丁"、"春阿氏"，我就不能到大戲場裏聽雪艷琴的"梅玉配"。後來去熟了，膽子也大了，便找個題目——要兩大枚（兩個銅板）上廁所，溜出來到各處亂闖。看穿燕尾服的變戲法兒；看紮着長辮子的姑娘唱大鼓；看露天電影鄭小秋的"空谷蘭"。大戲場裏，男女分座（包廂例外），有時候觀眾在給"扔手巾把兒的"叫好，擺瓜子碟兒的，賣玉蘭花兒的，賣糖果的，要茶錢的，穿來穿去，吵吵鬧鬧，有時或許趕上一位發脾氣的觀眾老爺飛茶壺。戲台上這邊貼着戲報子，那邊貼着"奉廳諭：禁止怪聲叫好"的大字，但是看了反而使人嗓子眼兒癢癢，非喊兩聲"好"不過癮。

大戲總是最後散場，已經夜半，僱洋車回家，剛上車就睡着了。我不明白那時候的大人是什麼心理，已經十二點多了，還不許人家睡，坐在她們（母親或者老媽子）的身上，打着瞌睡，她們卻時時搖動你說："別睡！快到家了！"後來我問母親，為什麼不許睏得要命的小孩睡覺？母親說，一則怕招涼，再則怕睡得魂兒回不了家。

多少年後，城南遊藝園改建成屠宰場，偶然從那裏經過，便不勝今昔之感。這並非是眷戀昔日的熱鬧的生活，那時的社會習俗並不值得一提，只是因為那些事情都是在童年經歷的。那是真正的歡樂，無憂無慮，不折不扣的歡樂。

我記得寫上面這段小文的時候，便曾想：為了回憶童年，使之永恆，我何不寫些故事，以我的童年為背景呢！於是這幾年來，我陸續地完成了本書的這幾篇。這些故事不一定是真的，但寫着它們的時候，人物卻不斷地湧現在我的眼前，斜着嘴笑的蘭姨娘，騎着小驢回老家的宋媽，不理我們小孩子的德先叔叔，椿樹胡同的瘋女人，井邊的小伴侶，藏在草堆裏小偷兒。讀者有沒有注意，每一段故事的結尾，裏面的主角都是離我而去，一直到最後的一篇"爸爸

正等待着愛花養花的主人。　　靠欄的掃把，是剛剛把有綠苔的青磚地面收拾乾淨而停歇一會兒，收拾的當兒，還特意留下從磚縫鑽出的小草小葉；正是清明，庭院的石槽，瓦盆已拌好肥土，準備迎候着花籽或老根——是文竹？繡球？海棠？還是牽牛花？……種什麼呢？(攝於北新華街)

的花兒落了"，親愛的爸爸也去了，我的童年結束了。那時我十三歲，開始負起了不是小孩子所該負的責任。如果説一個人一生要分幾個段落的話，父親的死，是我生命中一個重要的段落，我在父親節寫過一篇"我父"，仍是值得存錄在這裏的：

　　寫紀念父親文章，要回憶許多童年的事情，因為父親死去快二十年了，他棄我們姊弟七人而去的時候，我還是個小女孩。在我寫文多年間，從來沒有一篇是專為父親而寫的，因為我知道如果寫到父親，總不免要觸及到他離開我們過早的悲痛記憶。

　　雖然我和父親相處的年代，遠比不了和一個朋友更長久；況且那些年代對於我，又都是屬於童年的，但我對於父親的了解和認識極深。他溺愛我，也鞭

鼓形的花盆。　　我們無從問出，是什麼時候先人留下的。只能責怪自己，先人在，而自己還沒有真正長大，缺少一種體貼的追問。隸書的刻字還清晰，是"寒枝歷歲寒"，植什麼才合了這句子？臘梅麼？盆邊，瓦釘剝損了，地上，散散落落，還是去年花的殘蒂敗葉。花開花落，愛花的人呢？（攝於北新華街）

策我，更有過一些多麼不合理的事情表現他的專制，但是我也得原諒他與日俱增的壞脾氣，是因為他日漸衰弱的肺病身體。

父親實在不應當這樣早早離開人世。他是一個對工作認真努力，對生活有濃厚興趣的人，他的生活多麼豐富！他生性愛動，幾乎無所不好，好像世間有多少做不完的事情，等待他來動手，我想他對死是不甘心的。但是促成他的早死，多種的嗜好也有關係，他愛喝酒，快樂地划着拳；他愛打牌，到了週末，我們家總是高朋滿座。他是聰明的，什麼都下功夫研究。他肺病以後，對於醫藥也很有研究，家裏有一個五斗櫃的抽屜，就跟個小藥房似的。但是這種飲酒熬夜的生活，足以破壞任何醫藥的功效。我聽母親說，父親在日本做生意的時候，常到酒妓館林立的街坊，從黑夜飲到天明，一夜之間喝遍一條街，他太任性了！

母親的生產率夠高，平均三年生兩個，有人說我們姊妹多是因為父親愛花

"苔痕上階綠，草色入簾青"。——劉禹錫《陋室銘》（攝於前海北沿某院）

什麼是花蔭涼，這就是花蔭涼。　（攝於西直門東大街）

的緣故，這不過是迷信中的巧合，但父親愛花是真的。我有一個很明顯的記憶，便是父親常和挑擔賣花的講價錢，最後總是把整擔的花全買下。於是父親動手了，我們也興奮地忙起來，廊簷下大大小小花盆裏栽的花，父親好像特別喜歡文竹，含羞草，海棠，繡球和菊花。到了秋天，廊下客廳，擺滿了秋菊。

花事最盛是當我們的家住在虎坊橋的時候，院子裏有幾大盆出色的夾竹桃和石榴，都是經過父親用心培植的。每年他都親自給石榴樹下麻渣，要臭好幾天，但是等到中秋節，結的大石榴都飽滿得裂開了嘴！父親死後的第一年，石榴沒結好；第二年，死去好幾棵。喜歡附會迷信的人便說，它們隨父親俱去。其實，明明是我們對於剪枝施肥，沒盡到像父親那樣勤勞的緣故。

父親的脾氣儘管有時暴躁，他卻有更多的優點，他負責任地工作，努力求生存，熱心助人，不吝金錢。我們每一個孩子他都疼愛，我常常想，既然如此，他就應該好好保重自己的身體，使生命得以延長，看子女茁長成人，該是最快樂的事。但是好動的父親，卻不肯好好地養病。他既死不瞑目，我們也因為父親的死，童年美夢，頓然破碎。

　　在別人還需要照管的年齡，我已經負起許多父親的責任。我們努力渡過難關，羞於向人伸出求援的手。每一個進步，都靠自己的力量，我以受人憐憫為恥。我也不喜歡受人恩惠，因為報答是負擔。父親的死，給我造成這一串倔強，細細想來，這些性格又何嘗不是承受於我那好強的父親呢！

　　童年在北平的那段生活，多半居住在城之南——舊日京華的所在地。父親好動到愛搬家，綠衣的郵差是報告哪裏有好房的主要人物。我們住過的椿樹胡同，新簾子胡同，虎坊橋，梁家園，盡是城南風光。

　　收集在這裏的幾篇故事，在時間上有點連貫性，讀者們別問我是真是假，我只要讀者分享我一點緬懷童年的心情。每個人的童年不都是這樣的愚騃而神聖嗎？

收拾殘片——陪海音先生再走城南

沈繼光

緣　起

大概是今年二月底，北京的古幹虯枝還黑褐光禿，接到了香港三聯書店執行總編輯李昕的電話，約我為"插圖本《城南舊事》"一書的出版提供一百三十至一百五十幅攝影作品。我猜想，導致這約稿的原因，可能是自己的兩個攝影集子《舊京殘片》（人民美術出版社）、《老舍的北京》（三聯書店（香港）有限公司）得到了他及一部分讀者的在意。

我滿懷感激。感激那在意背後的信任與厚愛。究其實，我心裏清楚，許多片子，倘用專業攝影的通用標準衡量，都存有或多或少的缺憾；只不過，記錄古城的歷史氣息和品味，承載着攝影者本人的所思所想，而正是通過這種方式的創作，他才得以重新體驗生活的深沉與清醒，漸漸靠近，靠近那些我們不可缺少的智慧和不可缺少的真理。

海音先生已於前年冬天長逝台北。但我，願意"陪海音先生再走城南"，操起相機，再去收拾古城的殘片。殊不知，這次的殘片，幾乎是在瓦礫中收拾了。

困　境

讀《城南舊事》，弄清一點海音先生早年北京生活的地方；讀夏祖麗《從城南走來——林海音傳》，弄清那些地方經過半個多世紀歲月的消損，更或是人為地漠視，大都面目皆非，有的竟被夷為平地。這景況，海音先生及她的後代在尋根之旅中親眼見了，拍下了不多的舊居舊址，並在舊居舊址前合影留念，那時他們的心情如何？"一言難盡"。小說《城南舊事》的環境，早已消失得無蹤跡了。

我還能做些什麼？還能提供什麼，來對林先生這部著作於畫面上有所補益？極有見識的學者趙園也為我擔心：「老城已拆成這樣子，你還能拍麼？」

困境，困惑。後來，我給自己找個寬解：「先走出去再說。」也許，行動開始，隨之可以尋個缺口，為想法帶來一點光明。

啟　蒙

清寒煙雨。我繞過林立的大樓大廈，深入其背後的平民住宅區。舊的，半新不舊的院落圍牆，高高低低，曲曲折折，半隱半顯，寧靜極了。正被圈起的施工區，裏面卻有幾座老屋的廢墟，那頹壁竟是磨磚對縫相當考究。你只要駐足，只要注目，不難體會那一磚一石中潛藏着工匠們用心用力的行業品行，甚至你由解讀那一磚一石，便能想像出當時一道接一道工序中絕無半分敷衍的認真情景……。

說通門房，又進了一所頗有來歷的學校舊址，登上木閣樓，打量着那幽長的甬道，掛牌的教室和年久光潤的扶梯。我明白，它們曾是學童學子得以滋潤薰陶的樂土……。

一天過去，又是一天。我不知不覺踩着瓦礫，串入了拆遷的小胡同，見到門牌和磚雕被摘走，只剩下光禿的院門和廢棄的水缸菜壜。屋瓦上，幾叢枯草輕輕搖曳。拆了一半的老房斷面，那支撐了百年的粗拙棟樑終於裸露，噢，棟樑原是輕易不會被人看出的。我自語着。庭院沒了，兩個門墩卻還死死地守在當初的位置上，不肯離去。……

碰上了幾戶人家。整條胡同都快拆光了，只有他們還沒有搬走，正等待着什麼。「我們，我們再不能，回到這兒了。」老人一邊訴說，一邊用手摳着門前大槐軀幹上的泥斑，不知是哪個淘氣的小孩拽上去的……。

一下子，那語氣，那眼神，那手摳的動作，以至周圍的空氣，連同幾天來我所見所感的平凡微末，不得不讓自己發問：這一切難道不正是對林海音先生筆下關注命運的作品的畫面注釋麼？這一切難道不正是小英子親切、好奇、自由、活潑的天性所要尋找的東西麼？這一切，難道不正是留給海音和更多人永遠回憶的古城世界麼？

何必在故居舊址門牌的對證上計較和糾纏，何必在絕對的過去與現在的時差上計較和糾纏。斷木斜柯、殘牆頹壁、盤根錯節，江淹過後不更是大風景大氣象嗎？與海音先生一起，我們尋找的是對生命的感動，是我們認定的那種真實，那種本質。思湧中，又讓我聯想起《列子》中的九方皋相馬，這位伯樂大師的弟子，不為馬的皮色和牝牡所干擾，得其精，忘其粗，得其意，忘其形，得其神，忘其骸，直取其"行千里"之質，只看他所想看的，而不看他根本就不想看的。

不斷困惑，也不斷悟解，與古代先哲的智慧相遇，得以解放般的助力和佐證。一種思維上的特殊收穫，一種穿洞見天的強烈感受，一種勞作的由衷快樂，就是它們，攪動着我，在古城停停走走，走走停停，開始了這次《城南舊事》的拍攝。

互　動

在停和走的過程中，收拾殘片。大柯的幾根垂落枝條，瓦隴中存留的枯葉，臨街老店被塗蓋的字號，半扇院門的插閂，還有屋頂上閒置的花盆，巴在皇城牆上的冬雪，被踩成凹狀的門坎……請原諒，用鏡頭收拾這些殘片，早已成為我難改的偏愛，成為我認定的世界和意義。幾乎全部以殘片充滿畫面，也成為了這次插圖的基本特點。

我讀過這樣的句子："藝術家的手，可以説動手就是為了收集這些東西，把這些東西從遺棄、破損、撕裂、從人的腳印和時間的腳印下解救出來。"（雅克·杜班語）"我們應該不懈地使公眾習慣於認為，有成千上萬的事物值得歸於藝術，也就是歸於人的範疇。有許多事物，無論乍一看顯得如何微不足道，只要置於正確的視角下，就會變得比所有那些通常認為是重要的事物遠遠偉大得多，更值得尊重。"（安東尼·塔皮埃斯語）大師的原語告訴我，自身的藝術經歷告訴我，微末的殘片可以誕生出偉大的氣息——不在於它是什麼，而在於我們看出了什麼；不在於它在哪裏，而在於我們把它引向哪裏。只要它們在我們的內心深處，喚起了一種真切強烈的感覺，成為一段我們自身的歷史，成為一個路標，並經由我們的想像，創造出一種偉大的氣息，一種氣局，一種氣象，也就達到了那文學的、自由的、人性的崇高境界。

這裏，強調了"想像"。沒有想像，我不知如何攝影，即使那攝影是所謂最逼真不過的記錄；沒有想像，我不知如何閱讀文字和畫面。而真正的閱讀，是從被關注對象的命運和性情中，審視起閱讀者自身的命運和性情，從對個體事物的觀察和理解中，貫通到對普遍整體事物的觀察和理解。

是這樣麼？我只是在現實與想像的互動中，尋到了一些生活的線索。當我透過相機鏡頭，對日下的殘片經凝視給以一瞬的曝光，一瞬的記錄，布萊克的詩也在耳邊同時響起：

"一粒沙子一個世界／一朵小花一座天堂／無窮無盡在你的手掌上／永恆，就在那一瞬裏收藏"。

不 死

在胡同中奔走，在瓦礫中奔走。不遠處，有輕緩的聲音吸引了我："小耗子，上燈台，偷油吃，下不來。吱吱吱，叫奶奶，……小耗子，上燈台……"，回頭一看，分明見一個女子抱着個週歲不到的嬰兒在院門前，邊哼哼着這傳了幾百年的兒歌，邊走着絡兒。這不是《城南舊事》裏宋媽哄着小英子姐妹唱那"雞蛋雞蛋殼殼兒"的情景麼？我停下來，望着那被抱的半躺的嬰兒——剛滿週歲，真不大。"他聽得懂那兒歌麼？"我再問自己。我自己兒時，父母為我哼哼兒歌講故事，我當時懂麼？知道嗎？不懂不知道又怕什麼。那時嬰孩在大人的懷抱裏，在大人的雙膝下，在無限溫暖的呵護裏，在有節奏有韻腳的美妙聲音裏，享受着安寧和舒適，享受着可以笑，可以哭，可以看，可以想，可以猜，可以睡，沒有什麼不可以的無拘無束的自由。幾十年過去了，海音先生筆下的形象，非但沒有死，而且依然活着，就在我們的眼前活着，活得那麼生動和鮮明！絕不止是在記憶裏。

奔走中，我望見了荒廟空地邊正在往麻袋裏塞破爛的鄉人，過街橋上半跛半癱的乞丐，斑駁的牆上，留着小孩子用滑石或粉筆塗畫着各種各樣猜不透的記號，牆頭冒出院裏的棗樹枝和掃房用的長撣子……，時不時竟還有豪華的轎車從我身邊猛然而過，濺起水窪的水，揚起土礫的塵。……

望見他們，我近乎真切地望見了魯迅筆下、老舍筆下、乃至一切精神大師筆下的人物形象和圍繞在人物旁邊所有的形象，並透過這些形象而感受其心魂，他們都在世上活着，大師用作品啟示我們，在直面人生中不沉淪於驕橫、詭計和謊言，以獨立的精神和自由的思想做今天的事情。不死的文學，不死的藝術。

收拾殘片，為醞釀出的一些彌久而常新的觀念和情感而喜悅，這不是因為別的，它，將影響我們未來的行為。

致　謝

感謝李昕先生和香港三聯書店編輯、設計人員對本書插圖作品給予的精心關照。

感謝中國現代文學館館長舒乙先生，在我拍攝古城殘片的工作中給予的鼓勵和幫助。

感謝我的姐姐和我的妻兒，他們給予了我特別的溫暖和愛護。

尤要感謝我的助手高萍小姐。在SARS病毒肆虐京城的嚴峻時刻，她毅然陪同我拍攝，分擔着攝影器材的重負，幫我詢問、記錄、描畫、查證路線，助我整理出全部圖片和文字。沒有她，我的這次拍攝工作是難以想像的。

最後，要感謝的，將是讀者給予插圖畫面的批評和指正。

2003 年 5 月 20 日

於北京地藏庵